D1831545

हीरो–एक ब्लू प्रिंट

हीरो—एक ब्लू प्रिंट

महाश्वेता देवी

अनुवाद

सुशील गुप्ता

वाणी प्रकाशन

वाणी प्रकाशन

4695, 21-ए, दरियागंज, नयी दिल्ली 110 002

शाखा

अशोक राजपथ, पटना 800 004

फ़ोन: +91 11 23273167 फ़ैक्स: +91 11 23275710

www.vaniprakashan.in
vaniprakashan@gmail.com

HERO–EK BLUE PRINT
by Mahashweta Devi
Translated by Sushil Gupta

ISBN : 978-81-8143-717-4
Novel

© लेखकाधीन

संस्करण 2008
आवृत्ति 2012

मूल्य : ₹ 75

इस पुस्तक के किसी भी अंश को किसी भी माध्यम में प्रयोग करने के लिए प्रकाशक से लिखित अनुमति लेना अनिवार्य है।

मेहरा ऑफ़सेट, नयी दिल्ली-110002 में मुद्रित

वाणी प्रकाशन का लोगो मक़बूल फ़िदा हुसेन की कूची से

तुम्हारे दिल की चुभन भी ज़रूर कम होगी
किसी के पाँव से काँटा निकालकर देखो

एक

हीरो तब तक नहीं जानता था कि उसके कत्ल का ब्लू-प्रिंट तैयार हो चुका है और सभी ब्लू-प्रिंट कागज पर नहीं लिखे जाते। इंसान के दिमाग़ में भी ब्लू-प्रिंट तैयार होता है। ऐक्शन-ऑपरेशन के लिए यही काफी है, यह बात हीरो, चूंकि नहीं जानता था, इसलिए वह निश्चिंत था। हीरो, जो किराये का टट्टू और समाज का दुश्मन था, यह भूल गया था कि निश्चिंत रहना, कितनी बड़ी भूल है। वह इस टाउन में हाज़िर हो गया था, जो 'टाउन' होने का दावा करने के बावजूद, अभी भी स्वभाव-चरित्र-चेहरे से कहीं गांव ही रह गया था या फिर न गांव-न शहर, ऐसी स्थिति में फंसा रह गया था।

लेकिन, हां, वह शहर काफी फैलता जा रहा था, दूर-दूर तक विस्तार कर रहा था। इस बड़े होने या फैलते जाने के पीछे कोई योजना नहीं थी, यह तो सिर्फ माठ-घाट, बस्ती-दख़ल करके बड़ा होना था, जो इस समय का नियम है। बंगाल-बिहारी सीमांत पर, बहुत-सी जगहें, चूंकि बस-सड़क के संगम पर स्थित थीं, इसलिए ऐक्शन करके, कई-कई राज्यों में आराम से आकर रहा जा सकता है। यह जगह, भविष्य में, काफी बड़ी हो जाएगी, खूब फलने-फूलने लगेगी, इसका अंदाज़ा लगाकर ही, वह रेवती को यहां ले आया था।

रेवती को वह एक बहुत बड़े ऐक्शन के बाद, यहां लाया था। डैनी (यह असली नाम नहीं था। सुविधा के लिए किसी हिंदी फ़िल्म के किसी खलनायक के नाम पर रख लिया गया था) एक राष्ट्रीय-मार्ग से जा रहा था। उन दिनों भी हीरो, आधिकारिक तौर पर डैनी का दाहिना हाथ था, लेकिन उन्हीं दिनों ही उसने दल बदल लिया। बेहद अफसोस की बात है, डैनी को इसकी जानकारी नहीं दी गई। डैनी क्या करने वाला है, हीरो जानता था, डैनी को इसकी ख़बर नहीं थी।

उन दिनों हीरो का जो कारोबार 'फ्रंट' में था, उसने उसे 'मोटेल' नाम दिया था। 'हीरोज़ मोटेल''! नीचे गैरेज, ऊपर घर, घर से जुड़ा बाथरूम भी था, मगर वहां पानी नदारद! नीचे से पानी भर कर लाना पड़ता था। बगल में ही 'हीरो का ढाबा'! इस सड़क पर यह मोटेल और ढाबा, काफी सर्विस देता था। बहुत ज्यादा जरूरत के अलावा, डैनी यहां कभी नहीं आया।

मोटेल तक पहुंचने से पहले ही, हीरो ने उसे रोक लिया। सड़क पर लकड़ी का एक कुंदा, आड़े-तिरछे पड़ा था। यह सड़क, चुराए हुए काठ लाने-ले जाने के लिए भी जानी जाती थी। हीरो उस सड़क पर हाथ उठाए खड़ा था।

झुंझलाए हुए डैनी ने गाड़ी रोकी।

हीरो आगे बढ़ आया।

''तुम?''

''सॉरी, बॉस! आपका प्लान चौपट हो गया।''

डैनी डैश-बोर्ड से रिवॉल्वर नहीं निकाल पाया। वह मुंह फेरे बैठा था।

हीरो ने उसे काफी करीब से गोली मारी। एक के बाद एक! लगातार! उसकी निगाहों में डैनी का चेहरा अजनबी हो आया।

हीरो ने आवाज़ देकर कहा, 'गाड़ी बगल में उतार दे और खाई की तरफ लुढ़का दे।''

ऐन उसी वक्त, गाड़ी की पिछली सीट पर बैठी एक लड़की, फूट-फूटकर रो पड़ी। अगले ही पल, उसने दरवाज़ा खोलकर नीचे उतरने को कदम बढ़ाया।

''रेवती?''

''मुझे मत मारो।''

''नीचे उतरो।''

एक बैग, अपनी छाती से कसकर चिपटाए हुए, वह नीचे उतरी! उस वक्त भी वह थर-थर कांप रही थी।

थोड़ा ठहरकर उसने कहा, 'नामने बाबू का बैग है।''

हीरो ने बैग उठा लिया।

''भानू, गाड़ी लुढ़का दे! झप् फिर खिसक लेना! बाद में, एक बार मिल लेना।''

अब वह रेवती से मुखातिब हुआ, ''चलो, बैठो! मोटर साइकिल पर बैठ जा।''

"गिर जाऊंगी-"

"तुझे इसी गाड़ी में भेज दूं?"

"नू-नू-नहीं।"

"बस, आगे मत बोल! जुबान मत खोल।"

जाते-जाते हीरो ने मन ही मन खुद को गाली दी। कमज़ोरी! कमज़ोरी! दिल का कच्चा! औरत की जान नहीं ले सकता। उसके अंदर, जरूर कहीं कमजोरी है।

उसने सोचते-सोचते सिर हिलाया—डैनी नहीं जाता! लेकिन हीरो को फंसाकर, खुद खिसक लिया। इसीलिए उसे जाना पड़ा।

क्या, कहीं बेइमानी हो गई?

उसके काम में भला बेइमानी कैसी?

वेश्या की एक-पुरुषगामिता, उसके पेशे के साथ मेल नहीं खाती। अब उन रूपकथाओं का ज़माना गुज़र गया, जब कोई औरत वेश्यावृत्ति में लाई भी गई हो, वह किसी हमदर्द पुरुष का स्थायी आश्रय पा लेती थी।

लेकिन सच में उसे स्थायी आश्रय मिलता हो या न मिलता हो, बंगला उपन्यासों में उसे ज़रूर मिल जाता था। वह जिस भी मर्द की रखैल होती थी। उसी के चरणों की दासी बनकर रह जाती थी। आजकल आश्रय का मामला सिर्फ विवाहित दंपत्तियों में ही सीमित रह गया है। वेश्याएं जीविका के लिए पतितावृत्ति करती हैं। ऐसी औरतें भला दासी बनकर क्यों पड़ी रहें?

जिसे भाड़े का टट्टू बनना पड़ा हो, वह हमेशा के लिए, विश्वसनीय कैसे बना रह सकता है? वह खुद भी, जब, जिसे विश्वास देता है, वही शख्स उसे घातक के हाथों सौंप देता है।

मोटेल पहुंचकर वह रेवती को ऊपर खींच ले गया। काठ की सीढ़ियों पर धप्-धप् आवाजें गूंज उठीं। वह उसे अंदरवाले कमरे में ले गया।

"अब यहीं बंद रहो! प्यास लगे, तो पानी पी लेना।"

"मुझे मारो मत।"

"चुप! बात मत करो! चुप-चाप रहो।"

वह नीचे उतर आया। आज वह मोटेल क्या बंद रखे? ना, शक पड़ जाएगा। भानू भी वापस आने वाला है! वह ढाबे में जा बैठा!

"खाएगा?"

"ना, दूध-चाय एक गिलास!"

दूध-चाय रखकर रवि ने कहा, "लगता है, बरखा होगी।"

“हो ही जाए! गर्मी भी पड़ी है।”

“मटर-पनीर, तड़का और रोटी?”

“बाद में!”

भानू आधे घंटे बाद आया। हीरो जानता था कि वह इस लाइन में क्यों आया। लेकिन, भानू किसी शरीफ घराने का बेटा! वह क्यों इस लाइन में आ पड़ा? यह समय आखिर कैसा समय है? सत्तर के दशक का यह कैसा उत्तराधिकार है? वह किससे, क्या कहे? इस भानू जैसे छोकरे का तो हिसाब-किताब ही और तरह का है। आजकल तो सभी कैरियर दादा हैं और राजनीति भी कैरियर ही है। असली चीज़ है–रुपया! रुपए जहां, भानू जैसे लोग वहां।

रेडियो पर ‘छायागीत’ चल रहा था। भानू ने उसका वोल्यूम बढ़ा दिया और बैठ गया। “बरसात में हमसे मिले तुम, सजन...’ गीत।

भानू ने धीमी आवाज़ में सूचना दी, “डॉन, खल्लास हो गया।”

“गुड्! अब तू जा, यहां से वन-टू-थ्री हो जा! चल, बाहर चल।”

बाहर निकलकर हीरो ने उसे कुछेक नोट थमाए, “हजार है! घर में दे देना और चुपके रहना। ख़बर न दूं, तो बाहर न निकलना! घर में जस्ट खाना, भानू और मुहल्ला छोड़कर, निकल लेना।”

“ख़बर ज़रूर देना, हीरो, वर्ना मर जाऊंगा”

“परिवार के साथ कितने दिन रहना मिलेगा, यह नहीं सोच सकता?”

“सोच सकता हूं।”

“तो जा, वही कर!”

हीरो ने कई एक रोटियां और तड़का बांध लिया।

“घर जाकर खाऊंगा।” उसने कहा रेवती भौंहे सिकोड़े बैठी थी।

“लो, खाओ! बाथरूम जाना है, तो हो आओ।”

“मेरा क्या करोगे?”

“कहीं जाना चाहती हो? पहुंचा दूंगा।”

“कहा जाऊंगी? मेरे मामा लोग जाने कभी, मुझे बेच गए थे। रहती तो थी...”

“रेड लाइट एरिया में! चकले में।”

“एक बाबू हमें उठा लाया, बाद में बेच दिया। उसके बाद, यह बाबू...”

“कहां जा रहे थे दोनों?”

"बताया नहीं। कहा, साथ चल! औरत साथ हो, तो मुझे सहूलियत रहती है। कहा था, सिलिगुड़ी ले जाकर, ब्याह करा देगा।"

"हां, पहले भी कराया था, बात में भी करा देता। यह डैनी लड़कियों का हमेशा ब्याह ही तो कराता था। तुमने उसका भरोसा किया था?"

"भरोसा मैंने उसका किसी दिन भी नहीं किया। लेकिन मेरे हाथ में और कोई उपाय भी कहां था? सत्पथ पर रहूंगी, मेहनत की खाऊंगी। बहुत दिनों से टेंट कानी थी। अब जाकर बढ़िया फल मिला!"

"तुम्हारी उम्र कितनी है?"

"बाइस!"

"रुपए तो बैग में भर लाई हो।"

"बाबू ने ही रखने को दिया था।

"कितने हैं?"

"चार हजार और मेरे कुछ गहने।"

"देखता हूं, मेहनत का खाती हो या नहीं। डैनी के लिए दुःख हो रहा है?"

"दुःख? कैसा दुःख? दुःख-सुख मुझे नहीं होता।"

"वाह! बहुत खूब! तुम्हारे बाबू के बैग में कितने हैं?"

"देखा नहीं।"

"उसी आदमी के घर में ही तो रहती-सहती थी और कितने मज़े से कह रही हो—तुम्हें दुःख-वुख नहीं होता।"

"वह तो तुम्हारा भी बॉस था। उसे मारकर दुःख हो रहा है?"

"उसने मुझे खत्म करने का इंतज़ाम किया था। अब या तो वह मरता या मैं। खैर, छोड़ो! खाना है तो खा लो! मैं तो खाता हूं। मेरे पेट में चूहे कूद रहे हैं! कसकर भूख लगी है।"

"तुम क्या इंसान हो? खाने की क्यों सोचते हो?"

"क्यों न सोचूं? खाने के लिए ही तो इतना सब कामकाज करता हूं। आज अगर मैं मर गया होता, तो डैनी बाबू खाना नहीं खाता? तुम्हें नहीं खाना है, तो मत खाओ। जाओ, सो जाओ। मैं दरवज्जे पर ताला मार दूंगा, सुबह खोल दूंगा। सुनो, खिड़की की राह भागने की कोशिश हरगिज मत करना। नीचे ही गैरेज है। वहां मेरे बंदे मौजूद हैं! ये दोनों बैग भी मुझे पकड़ाना। मैं इन्हें ताले-चाबी में रख दूं, कल दे दूंगा। और हां, चींखना-चिल्लाना मत, यहा कोई सुनने वाला नहीं।"

“भागकर जाऊंगी कहां? यहां हम भला पहचानती किसे हूं?”

“यह मैं क्या जानूं? मैं ही क्या तुम्हें पहचानता हूं? बॉस के फ्लैट में तुम्हारी झलक भर देखी था। बस इतना ही!”

जब वह कमरे से बाहर निकला, रेवती उसी तरह, विस्तर पर ही बैठी रही।

आज इतने सालों बाद, जब वह बटपूरा में उतरा और उसकी गाड़ी बटपूरा बस-जंक्शन पर रुकी, उसने विस्मित निगाहों से देखा, अब उन सब गोशाला-खटालों का कहीं, कोई नामोनिशान नहीं था, न ग्वाले वगैरह नज़र आए। धान के खेत-वेत ग़ायब! मकान-दर-मकान! योजनाहीन भीड़ भरी, गंदी-शंदी बस्तियां, जनपद! महावीर जी का मंदिर!

रेवती के सुदिन भी अब लौट आए थे। निचली मंज़िल पर भात-रोटी का होटल! ऊपर शरीफ लोगों के ठहरने का बढ़िया इंतज़ाम!

रेवती का निजी कमरा तीसरी मंज़िल पर था। आज भी रेवती, पलंग पर ही बैठी थी। इस बीच, ढेर सारे साल गुज़र चुके थे। रेवती के चेहरे पर चित्तियां, थोड़े-बहुत बाल भी पक चुके थे। अन्यथा, रेवती पहले की तरह ही जस की तस!

“तुम?”

“कहीं तुम चक्कर में तो नहीं पड़ गई?”

“चक्कर में क्यों पड़ूंगी? इसमें चकराने की क्या बात है? पांच-पांच साल बाद, एकाध बार तो तुम याद करते हो। नीचे कौन था? किसी ने तुम्हें देखा?”

“मैने आंख उठाकर देखा ही नहीं! किसी को पहचानता भी नहीं।”

“लेकिन...”

“मुझे नहाना है और खाना खाना है, रेवती।”

रेवती ने हौले से उसांस भरकर कहा, “तुम तो कभी असावधान नहीं होते। ऊपर चले आए, एक बार तो इधर-उधर नज़र दौड़ा लेते...”

“क्यों? बताओ तो?”

“आजकल, कौन किस पर भरोसा करता है, बोलो? दिन-काल बहुत बदल गया है।”

“यहां कौन आएगा, रेवती?”

रेवती जवाब टाल गई।

"चलो, नहा लो, फिर खाना खाओ।" उसने कहा।

"लो, यह बैग रख दो।"

"कैसे आए?"

"गाड़ी में! भानू की गाड़ी में।"

"गाड़ी भानू चला रहा था?"

"हां!"

"वह चला गया?"

"रात चार बजे आएगा। तुम इतने-इतने सवाल क्यों कर रही हो?"

"उसके बाद कहां जाओगे?"

"तुम्हें क्या हो गया है, बताओ तो?"

रेवती दीवार पर पीठ टिकाए-टिकाए उठ खड़ी हुई। खूबसूरत वह किसी दिन भी नहीं थी। आजकल वह बेहद अलग-थलग नज़र आने लगी थी। परेशानी और आशंकाएं क्या उम्र कम कर देती हैं?

"तुम भानू पर भरोसा करते हो?"

"तुम्हें क्या हुआ है, बोलो तो?"

रेवती ने धीमे से जवाब दिया, "त्रिवेदी आया था।"

"अचानक? वह भी यहां?"

"हां, अचानक और यहीं! उसने कहा, रेवती, हीरो का पिछला देना बाकी है तुम्हें चुका देता हूं। उसे कहना, अब वह लालपुर में वापस कदम न रखे।

रेवती ने रुक-रुककर, सारा किस्सा बयान कर दिया। उसकी आंखें विस्फारित हो उठीं। ना, सारी बातें वह हीरो को नहीं बता सकती। त्रिवेदी बता रहा था कि लालपुर में कुछ घटने वाला है। क्या घटेगा, त्रिवेदी को इसका कोई अंदाज़ा नहीं। यह भी एक हक़ीक़त है कि हीरो पर बहुतों को गुस्सा है, लेकिन वे सभी लोग हीरो की लोकप्रियता से डरते थे। हीरो के पीछे, जो विराट जन-समर्थन था, उससे वे लोग ख़ौफ़ खाते थे। इसलिए हीरो को इस बार पुलिस ही ठिकाने लगाएगी, किसी राजनैतिक पार्टी के किराए का टट्टू नहीं।

वह हीरो को पूरी बात बता दे? लेकिन, हीरो तो ज़्यादा देर रुकेगा नहीं।

हीरो उसका चेहरा पढ़ता रहा।

अब उसने पूछा, "क्या सोच रही हो, रेवती?"

"कुछ भी नहीं।"

"तुम त्रिवेदी के बारे में कुछ बता रही थीं?"

"हां, त्रिवेदी..."

"उस आगे क्या कहा?"

"कहा, कुछ घटने वाला है। इस बार हीरो को मार गिराएंगे। इससे ज़्यादा हमें नहीं मालूम! उससे कहो, वह कहीं खिसक ले। कहीं भी चला जाए, जहां उसे कोई पकड़ न सके।"

"अच्छा? तुमने क्या जवाब दिया?"

"मेरे मन में डर समा गया। भयंकर डर!"

"तुम भी मुझे चले जाने को कहती हो?"

यही तो हीरो का सुरक्षित आश्रय था! अर्से से सुरक्षित जगह।

"हां, कहती हूं! भानू कितना भरोसेमंद है, मुझे नहीं पता। उसे साथ लेकर... बिना लिए... बस, तुम चले जाओ, हीरो! मुझे लक्षण ठीक नहीं लग रहे हैं।"

"तुम मुझे भला क्यों बचाने लगी?"

"मैं तो... बहुत दिनों से ही तुम्हें कर्ज़ चुका रही हूं-" तुम्हारे अहसान का कर्ज़ उतार रही हूं।"

"कर्ज़? कर्ज़ कैसा?"

"उस दिन तुम मुझे बेच सकते थे, लेकिन नहीं बेचा। तुम मुझे जान से मार सकते थे, नहीं मारा! यहां लाकर, मुझे ढाबे की मालकिन बना दिया, घर ख़रीद दिया।"

"लेकिन, मैंने तो मुम्हें सुखी भी नहीं होने दिया।"

"हां, आनंद को तुमने मार डाला।"

"इसका मुझे बहुत अफसोस है, रेवती! वह पुलिस का फिट किया हुआ आदमी था।"

"यह मैं नहीं जानती थी। मुझसे उसने शादी का वादा किया था।"

"पता नहीं, मुझे गिरफ़्तार कराने के लिए ही आया था या नहीं! पता नहीं, तुमसे वह सच ही शादी करना चाहता था या नहीं। फिर भी... फिर भी मुझे लगता है, जैसे मैं तुम्हारा गुनाहगार हूं।"

"तुम... देखो, आज मैं तुमसे पहली बार यह सवाल कर रही हूं... तुमने मुझसे शादी क्यों नहीं की?"

"तुम सोलह साल बाद, यह सवाल कर रही हो, रेवती?"

"या तुमने कोई और शादी कर ली?"

हीरो ईषत हंस पड़ा।

"शादी? घर-गृहस्थी! बाल-बच्चे! पहले मैं सोचता था, यह लाइन छोड़ दूंगा, घर-बारी बन जाऊंगा। शराफ़त की जिंदगी बसर करने का, मुझे बड़ा लोभ था, रेवती।"

"फिर ब्याह क्यों नहीं किया?"

"एक के बाद, एक चक्कर में फंसता गया...फंसता गया, उस जाल से निकल कहां पाया?"

"सिर्फ यही वजह थी?"

ना, सिर्फ यही वजह नहीं थी। बहुत...बहुत बार, ख्याल आया, वह रेवती से शादी करके, कहीं और जा बसे! लेकिन भाड़े का टट्टू भला कहां जा सकता है? सुरक्षा तो उसके लिए है ही नहीं। अन्याय लोग तो हाथ हैं, हीरो उनका हथियार है। सिर्फ हथियार बिचारा कहां भागे?

रेवती उसके चेहरे की तरफ देखती रही।

"हां, तुम्हारे पास मैं जब भी आया, हर बार जो सोचा, वह जुबान से नहीं कह पाया। लेकिन दस साल पहले, मैंने तुमसे कहा था—तुम शादी कर लो, रेवती! तुमने ही मेरी बात कहां मानी?"

"हां, नहीं मानी! सच ही नहीं मानी।"

रेवती तनकर खड़ी हो गई।

"अब भी तो तुम मुझसे शादी कर सकते हो?"

"रेवती! हम दोनों पार्टनर थे! पार्टनर हो! इतने सालों बाद...? तुम्हारी उम्र अड़तीस हुई...?

"तुम्हारी इकतालिस..."

"...फुर्सत कहां? वैसे...सोचो तो, फुर्सत तो अब भी नहीं है।"

"अच्छा, चलो, नहा लो! मैं नज़र रखती हूं। बाथरूम से निकलोगे, तो तुम्हारा खाना ले आऊंगी।"

"तुम नहीं खाओगी?"

"पिछले साल मेरा प्रेशर बढ़ गया था...तभी रात को...काफी कम खाती हूं।"

हीरो नहाने चला गया। ट्यूबवेल से पंप के जरिए पानी चढ़ता था। पानी बेहद ठंडा था। वह डेटाल साबुन से नहाने लगा। उसके बदन पर हमेशा

मरी हुई लाशों के बदन की गंध, उसकी देह, दिमाग और खून में समा गई है। दवा-साबुन से नहाकर, उसे साफ़-सुथरा होने का चाव जागता था। लेकिन देह भर में इतनी-इतनी मौतों की गंध समाई हुई थी कि नहाकर, उन्हें मिटाना असंभव था।

पकड़ लेंगे? हीरो को पकड़ लेंगे? पुलिस उसकी हुलिया क्या बताएगी?

हीरो का ताम्रवर्णी, धूपजला, कठिन चेहरा! पथरीले जबड़े, मज़बूत पेशियां, चौड़ी कलाई! उसका नाम क्या है? गया जिला में विशुनपुरा में, उन्नीस सौ पचास साल में स्कूलमास्टर, हरिजन गांधी कल्याण आश्रम में स्कूल मास्टर, दीनानाथ पासवान को जो बेटा हुआ था, जिसको नाम दिया गया था- मुरारी पासवान। उसके साथ हीरो का भला कोई मेल है?

ना, कहीं, कोई मेल नहीं है।

तस्वीर? कोई तस्वीर नहीं है। पटना के जनसेवा अनाथ आश्रम का जो लड़का, आदिवासी छात्रवृति लेकर, धनबाद कॉलेज में पढ़ने गया था, उस वक्त की एक ग्रुप-तस्वीर कहीं जरूर रखी है! लेकिन उस तस्वीर में, आज के हीरो को पहचानना नामुमकिन है।

उसका तो फिंगर-प्रिंट तक नहीं मेल खाता। लालपुर पुलिस ने उसकी उंगलियों की छाप ली-ज़रूर थी, लेकिन जौरवाली में हरिजन बस्ती में लगी आग बुझाते हुए, उसकी हथेली ही जल गई हाथ में पैसा आने के बाद, बाएं और दाहिने हाथ की प्लास्टिक सर्जरी कराई गई।

जी नहीं, वह अंगूठा छाप नहीं था।

किसी भी जन-बहुल शहर में, किसी को भी, कहीं भी गुम हो जाने की कतई मनाही नहीं है। अगर वह मर भी जाए तो लाश, बिना शिनाख़्त के ही पड़ी रहेगी।

इतने साल बाद, यह सब सोचने बैठो, तो कहीं से असहाय होने का अहसास तो होता ही है।

लाश, बिना शिनाख़्त के ही पड़ी रहेगी?

डेथ ऑफ ऐन अनआइडेंटिफाइड पर्सन!

किसी अनपहचाने शख़्स की मौत!

अंत में, पुलिस कस्टडी में दाह-संस्कार?

इसी तरह जाने कितने ही लोग लाश हो जाते हैं! जाने कितनी ही लाशें बिना-शिनाख़्त ही रह जाती हैं। उन लोगों की तरह ही हीरो भी क्या महज़ एक लाश हो जाएगा? हीरो ने खुद भी तो कितने ही लोगों को लाश

बना दिया।

हीरो बाथरूम से बाहर निकल आया।

"खाना ले आऊं?"

"मेरे आते ही, यह जो तुम खुद मेरे लिए खाना ले आती हो, तुम्हारे कर्मचारी क्या सोचते होंगे?"

"सोचते हैं, मालकिन का मालिक आया है..."

"मालिक इतने-इतने सालों बाद क्यों आता है?"

"विदेश में बिज़नेस जो करता है।"

"सच्ची, वह 'विदेश' ही है। हीरो लोगों का लालपुर तो, और एक तरह का लालपुर है न" वहां स्वाभाविक जैसा कुछ भी नहीं है। अब इसका प्रसार शहर-शहर में हो चुका है। हर कहीं ऐसा "विदेश" सिर उठाने लगा है। हीरो ने गहरी उसांस भरी।

"जाओ, ले आओ।"

गर्म रोटी, गर्म भात, अरहर की स्वादिष्ट दाल, आलू की सब्जी, दही, पापड़, अचार!

"सुनो, वैष्णव खाना ही ले आयो।

"बहुत अच्छा किया!"

खाते-खाते, हीरो ने एक बार फिर कहा, "तुम भी खाओ न!"

"खाती हूं।"

"बहुत अजीब लगता है, रेवती।"

"हां, लगता तो है।"

"तुम्हारे अलावा मैने शायद किसी का भी विश्वास नहीं किया?"

"तुम्हें यह खटका कभी नहीं लगा कि मैं तुमसे बेइमानी भी कर सकता हूं?"

"बेइमानी क्यों करेंगे? पार्टनर के साथ बेइमानी करने से काम नहीं चलता! अगर तुम्हें बेइमानी करनी होती, तो उसी वक्त कर सकते थे, जब आनंद को...?

रेवती अपना भी खाना उठा लाई।

उसने सिर हिलाते हुए कहा, "उस वक्त साहस नहीं था। इच्छा तो थी! चाव भी जागता था, बस, हिम्मत नहीं पड़ी।"

"हां, तो उसके बाद?"

रेवती ने सिर हिलाया और धीमी आवाज़ में कहा, "उसके बाद, जाने

कब चाह ही मर गई। क्या सोच रही हो, बताओ तो?"

"तुम खा लो, फिर बताती हूं।"

रेवती ने खाने के बर्तन, कमरे के एक कोने में रख दिया। हाथ-मुंह भी धो आई।

"क्या सोच रहे हो?" उसने पूछा

"त्रिवेदी से भेंट नहीं हो सकती?"

"नहीं, तुम मत जाओ! ज़रा देर सो रहो। भानू के आते ही तुम्हें निकलना है। बड़ी थकान हो जाएगी। पता नहीं, अब तुमसे कब भेंट होगी। पता नहीं क्या होगा। तुम अभी मत जाओ।"

"लेकिन..."

"रुपए जितने हैं, साथ ले जाओ और ज़रूरत हुई, तो ख़बर देना, मैं और रुपए भेज दूंगी।"

"कहां भेजोगी? किस पते पर?"

"तुम जहां कहोगे..."

"जब त्रिवेदी यहां तक आ पहुंचा। अब बाकी लोग भी आ धमकेंगे। सोचता हूं, तुम क्या करोगी?"

"एक बात कहूं?"

"क्या?"

"अब मेरी फिक्र न करो। मैं तो कहूंगी, तुम यह सब वापस ले लो और मुझे मुक्त कर दो। सच्ची, अब मैं यह बोझ और ढो नहीं सकती।"

"अब, मैं एक बात कहूं?"

"बोलो!"

"मैं मुक्त कर दूंगा। लेकिन, रेवती, अड़तीस साल की उम्र में भी ब्याह किया जाए, गृहस्थी बसाई जा सकती है।"

"सोच देखूंगी। अब तुम ज़रा सो रहो! मैं जगी रहूंगी।"

"तीन बजे तक?"

"क्यों, पहले क्या कभी रात नहीं जागी हूं?" रेवती एकदम से झुंझला उठी, "तुमने ढेरों रातें जगाए रखा, ढेरों तकलीफें दीं, फिल्मी बहुओं की तरह, सारा कुछ बर्दाश्त करती रही। अच्छा, सुनो, आज बातचीत भली नहीं लग रही है, चलो सो जाओ!"

हीरो ने उसका हाथ थाम लिया।

"तुम डर गई हो, रेवती? तुम जब डर जाती हो, तो मिजाज़ दिखाने

लगती हो।''

''हां, डर गई हूं -''

''लेकिन, क्यों?''

''कल सुबह पुलिस का छापा पंड़ सकता है। डर नहीं लगेगा?''

''त्रिवेदी ने क्या कहा है?''

रेवती की आवाज़ बिल्कुल धीमी हो आई।

उसने फुसफुसाकर कहा, ''तुम्हारी जान को ख़तरा है। तुमने सूरज और उनके साथियों का खून कराया है। मुझे पता है, तुम क्या कहोगे...। अब कई-कई वजहों से...। अब, बताओ, तुमने प्रसाद तिवारी को वोट में मदद क्यों दी? वोट में इसी मदद की वजह से सब चौपट हो गया, हीरो।''

''तुम मेरे साथ चलोगी?''

''मैं गई, तो डबल शक पड़ जाएगा। इसके अलावा, मैं जाऊं भी क्यों?''

''एक औरत अगर साथ रही, तो...?

''मुझे तुम्हारी बात पर हंसी आ रही है, हीरो। डैनी बाबू ने भी यही कहा था कि अगर कोई औरत साथ रहे, तो पुलिस शक नहीं करेगी। वह क्या बच पाया? आज तुम...क्यों की तुमने ऐसी बात? अगर मैं साथ रही, तो तुम...क्यों, कही यह बात? मैं हंसू या रोऊं, मुझे तो यह भी समझ में नहीं आ रहा है।''

रेवती रो पड़ी।

''इतने टेंशन में मुझसे रहा नहीं जाता, जी! अखबार खोलते हुए हाथ कांपता है। अचानक इतने दिनों बाद, 'प्रभात ज्योति' ने तुम्हारी जीवनकथा क्यों छापी? उफ! वह अख़बार तो प्रसाद बाबू का है न?''

''प्रभात ज्योति?''

''किसने लिखा है, मालूम? मोहन राय!''

''देखूं, देखूं, वह अख़बार!''

''अख़बार बाद में पढ़ लेना।''

रेवती ने अपने आंसू पोंछ लिए। वह कड़क औरत, एकदम से हीरो की फ्रंट-वुमेन बन गई। उसकी अगुआ!

''चलो, तुम्हारे कागज-पत्तर, कमीज-पैंट, रुपए-सारा कुछ बैग में सहेजकर रख देती हूं। कितने बजे हैं?''

''बारह!''

“एक बजे, हम पीछे की सीढ़ी से उतर जाएंगे।”

“भानू तो सड़क की तरफ, गैरेज के सामने आएगा न?”

“बात तो यही है...”

“चलो, वहीं चलते हैं। चाबी उठाओ, गाड़ी निकालो। मुझे और भानू को यहां उतारते जाना। इतने दिनों, मैं तुम्हारी बात सुनती रही। अब, एक बार तुम मेरी बात सुनो। अंडरग्राउंड तो अंडरग्राउंड! किसी को कानों कान ख़बर न हो।”

“इतने अर्से बाद, फिर अंडरग्राउंड?”

“किसी भी शहर में चले जाना। कितने ही शहर हैं। कितनी ही जगहें हैं।”

“लालपुर का घर, गैरेज, सुपर मार्केट?”

“वह सब किसके नाम है?”

“एडवोकेट चौहान जानता है।”

“किसके नाम है?”

“बप्पा के नाम!”

“वे तो अब रहे नहीं!”

“नहीं...”

“तुम उन्हें हिदायत दोगे, तो वे धीरे-धीरे बेच देंगे! तब, तुम निश्चिंत हो जाओगे।”

“हां, अगर सब कुछ ठीकठाक हो जाए! तब तो तुम आ जाओगी न?”

“फिर बिज़नेस?”

“ना, अब बिज़नेस नहीं!

“चलो, मंजूर! आ जाऊंगी। लेकिन, सुनो, जब तक जिला न छोड़ दो, तुम दम मत लेना! किसी दूसरे स्टेट में पहुंच जाओ, यही बेहतर है! तुम यह अख़बार पढ़ लेना, हीरो, सब कुछ समझ जाओगे।”

“अगर कहीं पुलिस से टक्कर हो गई, तो?”

“जब टक्कर होगी, तब देख लेंगे।”

दोनों प्राणी, एक-दूसरे का हाथ थामें बैठे रहे।

रेवती ने कहा, “एक किताब दूं, पढ़ोगे?”

“कौन-सी किताब? किताब पढ़ना, तो मैं भूल ही चुका हूं।”

“देखो, यह किताब पढ़कर मुझे बहुत शांति मिलती है। इसीलिए तुम्हें

देना चाहती हूं। तुम पढ़ देखना।''

रोशनी बुझा दी गई! ढाबे पर ढक्कन लगा दिया गया। वे दोनों छत पर निकल आए। उसके बाद, पेंसिल टॉर्च की रोशनी में, वे दोनों सीढ़ियों से नीचे उतर आए। सड़क कमोबेश निर्जन! पहले इस सारी जगह में धान के खेत ही खेत थे। अब यहां-वहां घर-मकानों ने सिर उठा लिया था। एक नर्सिंगहोम-कम-प्रसूतिसदन के गेट पर लिखा हुआ था–'24 घंटे खुला।'

रेवती ने कहा, ''आजकल क्या तमाशा चल रहा है, देखो! औरत की कोख में लड़की है या लड़का, इसकी पहले से ही जांच कर ली जाती है। लड़की हो, तो इंजेक्शन लगाकर, उसे मार दिया जाता है। क्या चल रहा है!''

ऐसा ही तो होना था! अब इससे बढ़कर और क्या होगा, जब अपराध का कारोबार, लोगों को अमीर बना रहा है। रुपयों की गर्मी से, हर ओर सड़ांध फैल गई है।''

भानू बाहर ही बैठा था। उन्हें देखकर वह उठ खड़ा हुआ और आगे बढ़ आया!

''क्या बात है?''

''तेल भर लिया?''

''हां!...''

''ला, चाबी दे मुझे!''

''भौजी कहां जावेगी?''

''चल, बैठ! गाड़ी मैं चलाऊंगा।''

रेवती सामने की सीट पर बैठ गई। उसकी आंखें सामने की तरफ गड़ी रहीं। उसकी भौंहें चढ़ी हुईं।

हीरो को समझ में आ रहा था, अब वापस लौटना नहीं होगा। यहां अब वह नहीं लौटेगा।

''अरे, नहीं, नहीं, गाड़ी अन्दर मत घुसाओ।''

''चल, उतर जा, भानू!''

भानू उतर गया।

''अपना बैग ले ले!''

''ले लिया है।''

''चलो, उतरो रेवती!''

रेवती भी उतर गई।

"भानू!"

भानू करीब चला आया!

"रेवती!"

रेवती खामोश!

"भानू, तू यहीं रहना! रेवती जो-जो कहे, सब सुनना! चलूं, रेवती, मैं ख़बर दूंगा।"

"तुम...भाई.,.!"

"रेवती का कहना मानना! तभी तू बच जाएगा! तुम दोनों, एहतियात से रहना, भानू! अच्छा! और, हां, अगर कोई पूछे, तो कहना, मैं यहां नहीं आया। और...रेवती को भी देखना!

गाड़ी बाहर निकल गई!

दो

गुम हो जाने के लिए, खूब बड़े-बड़े शहरों जैसी जगह कम ही है! करीबी राज्य के शहरी इलाके में स्थित, हाल ही में जब यह हाउसिंग कॉम्प्लेक्स बना, धनबाद के हरिबाबू ने, इसी में एक फ्लैट, हीरो के लिए बुक कर दिया।

"एक बसेरा तो होना ही चाहिए! पड़ा रहने दो, यह फ्लैट! सोच क्या रहे हो? देखना, एक दिन इसी जगह का दाम कितना चढ़ जाएगा! बीच-बीच में छिपने-छिपाने की भी तो ज़रूरत पड़ती है।" हरिबाबू ने कहा।

हां, ज़रूरत तो पड़ी! पिछले सोलह सालों में कई-कई बार ज़रूरत पड़ी। यह भी सच है कि उन दिनों उसे जिन सब जगहों में जाना पड़ा है, उनमें, एक जगह यह भी थी!

नाथूराम से उसने चाबी ले ली। उन दिनों उसने नाथूराम को साइकिल-रिक्शे का मालिक बनाकर, उसे बचा दिया था। नाथूराम उसे किसी और नाम से जानता था।

उसे देखते ही नाथूराम ने कहा "इस बार कितने दिनों बाद आए...!"

"हां, तुमने तो सोचा होगा, मैं मर ही गया?"

"राम! राम! यह कैसी बात करते हो?"

"मैने तो कह ही रखा है, मेरे मरने के बाद, यह घर तुम्हारा हो जाएगा! तुम्हें तो पैसे कागज-पत्तर भी सौंप दिया है। और घर...!"

"यह कैसा सर्टिफिकेट हुआ, बोलो तो?"

"क्यों?"

“बड़ा बेटा, अजित दुसाद, सर्टिफिकेट के ज़ोर से रेल-पुलिस हो गया। खूब कमाता है! खड़गपुर में जा बसा है। वहां अब उसने घर भी ख़रीद लिया है! छोटा बेटे ने सर्टिफिकेट लेकर, परीक्षा देकर आगरा में बैंक ज्वाइन कर लिया। यहां कौन रहेगा? बूढ़े-बूढ़ी?”

“वहीं रहना...”

“नहीं, नहीं, हम दोनों तो देश चले जावेंगे।”

“घर बेच देना, रुपए मिल जाएंगे! अभी कितने रिक्शे हैं?”

“रिक्शे कहां हैं? दस रिक्शे बेचकर, अब, एक मेटाडोर! खूब चल रही है।”

“दुकान भी तो खोल ली है।”

“क्या करता ?”

“घर ठीकठाक है?”

“हां, हां, सब ठीक-ठाक है! यह बताओ, रात को खाओगे क्या?”

“आज तो खा-पीकर आया हूं! सुनो, जरूरी काम से आया हूं, व्यस्त रहूंगा! बाहर निकलते ही, दुकानें हैं न! तुम फिक्र न करो।”

“सुबह चाय चाहिए?”

“ना, कुछ नहीं चाहिए! सिर्फ अखबार चाहिए! सा-रे अखबार!”

“मिल जाएगा।”

कमरे में निवार की खाट! छोटा-सा बिछावन! बाथरूम में बाल्टी और मग मौजूद! दो कमरे, रसोई, बाथरूम, टुकड़ाभर बरामदा! यही अच्छा था! पता नहीं क्यों तो पागलों की तरह वह ज़मीन-जायदाद बढ़ाता गया! रहने के लिए काफी सारी जगह तो लगती नहीं।

“लालटेन? एक रख दी है! तेल भरा हुआ है।”

“बीच-बीच यहां तुम सोते हो?”

“घरवाली ने तो आज भी अपना स्वभाव नहीं छोड़ा! मिजाज़ दिखाती है! झगड़ा होता है, गुस्सा होकर चला आता हूं! बूढ़ा हो गया, मगर उसका शक्की स्वभाव नहीं गया।”

“तुम्हें प्यार करती है, भई!”

“तब चबाकर खाने को क्यों आमादा रहती है?”

नाथूराम चला गया! मजे में है यह बंदा! दोनों ने आपस में झोंटा-झोंटोव्वल करके ही इतने सारे साल गुज़ार दिए।”

अब, कमरे में सिर्फ हीरो! चारों तरफ चंद दीवारें! और कोई नहीं!

कुछ नहीं! उसे लेकर, साजिश क्यों रची जा रही है, पता करना होगा! यहां के अखबारों से भला कितनी-सी जानकारी मिलेगी? फिर भी...!

वे लोग अब उसे मारना क्यों चाहते हैं? क्यों?

रात को लोडशेडिंग हो गई सिर के नीचे अपने विश्वस्त दोस्त (!) को रखकर, लेटे-लेटे, मच्छरों का दंश सहते-सहते ही उसने रेवती की दी हुई कीमती और बहुत बार पढ़ी हुई किताब निकाल ली!

छोटी-सी किताब! बदरंग जिल्द! पैसा देकर अक्षय प्रेस से कुमुद्रित, हिंदी कविता की किताब, "याद करो"! कवि और प्रकाशक मुरारी कुमार!

अक्षय ने कहा था, कवि होने के लिए मुरारी पासवान नाम नहीं चलेगा। कॉलेज पत्रिका में निकला था, तो क्या हुआ?"

"नाम बदल दो..."

क्या लिखा था, मुरारी पासवान ने?

याद करो।

"कौन हूं मैं? जब भी याद करना चाहता हूं?
अपनी चारों तरफ देखता हूं,
आग ही आग!
जल रहा है हरिजन टोला
आग ही आग आसमान में
आग ही आग घर में
आग में जलती हुई टीचर की पत्नी!
जो हरिजन शिशुओं को सिखाती थी अ-आ-ई,
जलता है एक अध्यापक
और उसके कामों का प्रशंसा-पत्र!
जलते-जलते मेरी निगाह पड़ती है सामने की तरफ,
अनगिनत लोगों के चेहरे,
उछाल रहे हैं, वे लोग जलती मशाल,
मेरे सीने पर!

हां, पहली याद तो वही है! इससे पहले का सारा कुछ मुरारी भूल चुका था।

विशूनपुरा में हरिजनों की बस्ती! कतार-दर कतार घर! कतार-दर कतार झोपड़ी! दुसाध, पासवान, राय वगैरह पदवीधारी! अलग-अलग टोले! सटे-सटे घर! टोलों के बीच, बिछी हुई सड़क! पीपल का एक पेड़ भी था,

जिसके तनों पर लाल-पीले धागे बंधे हुए। उस पेड़ में कौन-से देवी या देवता आसीन थे? बैशाख के महीने में औरतें मंगल के दिन उस पेड़ में धागे क्यों बांध जाती थीं?

वहां से कुछ ही दूर पर हरिजन गांधी कल्याण आश्रम स्कूल स्थित था। दीनानाथ पासवान उस स्कूल में सप्ताह में छः दिन पढ़ाता था। इतवार के दिन उसके घर में ही पाठशाला बैठती थी! दीनानाथ की बीवी का क्या तो नाम था? कमला? उनकी बीवी दोपहर के वक्त, बिल्कुल ही नन्हें-नन्हें बच्चों को पढ़ाने बैठती थी। अ-आ सीखकर, बच्चे स्कूल जाते थे! पढ़ो! खूब पढ़ो! गांधी जी कौन थे, जानते हो? बड़े महात्मा पुरुष! उस वक्त मैं पटना में था। मेरी उम्र कुल सात वर्ष। वे हमारी बस्ती में भी आए थे।

उस ज़माने में, आग सीने में तो जली नहीं थीं। आग अपना दुश्मन भी नहीं लगाती था। मां आग जलाकर खाना पकाती थी। सर्दी के मौसम में अंगीठी में आग जलाकर, हाथ-पांव तापते थे। खेतों के किनारे लड़कों की मंडली, तिनके-पत्रों के ढेर में आग लगाकर, भुट्टे सेंकते थे। बप्पा को कितने-कितने किस्से-कहानियां याद थीं! ये मुसहर लोग इतने गरीब थे कि उनके घरों में नियम से चूल्हे भी नहीं जलते थे। शाम को आठ-दस परिवार, पत्थर के चूल्हे में काठ-पत्ते जलाकर, एक साथ मिल-जुलकर, आटे की लिट्टी सेंक लिया करते थे। वे लोग चुंबक ठोंककर आग जलाते थे, क्योंकि दियासलाई खरीदने की भी उन लोगों की औकात नहीं थी।

दीनानाथ मास्टर अपने स्कूल के छात्रों को तैयार करते थे। गया टाउन में यहां-वहां के बड़े स्कूलों में छात्रों को भर्ती कराते थे। विशुनपुरा के हरिजन टोले में मैट्रिक पास तीन-तीन लड़के मौजूद थे, जिन्हें नौकरी भी मिल चुकी थी।

विकास पासवान को लेकर ही प्रलय का सूत्रपात हुआ। उसने पटना विश्वविद्यालय में स्टैंड किया और नौकरी लेकर, कानपुर जा बसा।

दीनानाथ को अखिल भारतीय हरिजन सेवक संघ से एक प्रशंसा-पत्र हासिल हुआ।

यह बात भी सच है कि उसी ज़माने में स्कूल की कोठरी की जगह ईंटों के दो-दो कमरे वाली बिल्डिंग में रूपांतरित करने के लिए, सरकार से रुपयों की भी स्वीकृति मिल गई थी।

इधर वर्ण-हिंदू बिरादरी तो पहले से ही भड़की हुई थी। पासवान के बेटे ने अच्छे नंबरों से परीक्षा पास की। छात्रवृत्ति लेकर पढ़ने चला आया,

यही बात असहनीय थी। उसके बाद, वे लोग पक्की बिल्डिंग में पढ़ेंगे? उन लोगों को दीनानाथ निहायत 'मरदूद' इंसान लगता था। पुलिस में गुप्त ख़बर आई, कि विशुनपुरा के हरिजन, खेतों तक पानी पहुंचाने वाले सिंचाई नाले को लेकर झमेला कर सकते हैं। उन लोगों ने नाले का मुंह फूलपुरा में ही बांध दिया था। वहां सारी ज़मीन उच्च-वर्ण की थी। उसके आगे भी कुछ ज़मीनें उच्च वर्ण की थीं और कुछ हरिजनों की! सीमा के बारे में पहले से ही पुराना झगड़ा चल रहा था। हरिजन नौजवानों ने भी बड़े-बूढ़ों की बात नहीं मानी। वे लोग फूलपुरा में शिकायत लिखाने पहुंच गए।

उन लोगों ने कहा, "हमलोग तो बांध काटकर, नाले का मुंह खोल सकते हैं, लेकिन तब हम लोग मार खाएंगे। नाला आप लोग खुलवा दीजिए। हम अर्जी देकर जा रहे हैं।"

"क्या, मास्टर जी, अर्जी आपने लिखी है? आपका भी ज़मी-जमा है वहां? हां, भई, आजकल तो आप लोगों का ही ज़माना है! नौकरी मिल रही है, संपत्ति बढ़ा रहे हैं।"

"जमी-जमा मेरा कहां से होगा?"

"अरे, इतने दिनों आपने किया क्या? थोड़ी-बहुत संपत्ति भी नहीं बनाई?"

"संपत्ति? बनाई है न सर!" दीनानाथ का चेहरा चमक उठा, "विकास जैसा छात्र तैयार किया है। शिक्षकों की संपत्ति तो छात्र ही होते हैं न?"

राजपूत दारोगा को ख़ास खुशी नहीं हुई।

उसने मंझले दारोगा, चौबे से कहा, "देख रहे हैं न? बाम्हनों की नाक काटकर अब हरिजन का छोरा, परीक्षा में स्टार पाता है। दिन-काल कैसा बदल गया है।"

"अब क्या उपाय? भारत आज़ाद देश है। जिसके मन में जो आता है, करता है।"

सात दिन गुज़र गए! दस दिन भी गुज़र गए। नाला का मुंह नहीं खुला। बाद में, जाने किसने या किन लोगों ने नाले का मुंह काट दिया। जैसे सूखी ज़मीन पर तेज़ धार उमड़ आई हो। शाम को पानी की आवाज़ें सुनाई दीं। फूलपुरा से हथियारबंद जनता, हाथों में जलती हुई मशाल लेकर विशुनपुरा की तरफ दौड़ी आई।

दीनानाथ ने मुरारी को गणेशी प्रसाद की तरफ धकेलते हुए कहां, "पहले बच्चों और औरतों को बचा, गणेशी! पहले इन्हें बचा।"

''आप कहां दौड़े जा रहे हैं?''

''पहले इन लोगों को बचा तो सही...''

वे लोग मशाल पर मशाल उछाल-उछालकर फेंकते रहे। पीपल का पेड़ झुलस गया। उफ! उफ! उस पेड़ पर आसीन देवता कितने अक्षय थे। गणेशी ने मुरारी को कसकर रोके रखा। मुरारी उस आग में कूद पड़ने को आमादा। आग के घेरे में मास्टर दीनानाथ और उसकी बीवी! घर की जलती हुई छादन, लपटें उठाती हुई टूटकर आ गिरीं! आग दुश्मन बन गई। मुरारी पासवान भी जान गया कि बिहार में हरिजनों की दुश्मन, यह आग ही है।

कुल चार माइल के फासले पर स्थित फूलपुरा थाने से पुलिस के आ पहुंचने में, सुबह गुज़रकर, दोपहर हो गई। गणेशी और उसके साथियों की हाहाकार और रुलाई-धुलाई भी थाने वालों का दिल नहीं पिघला सकी। सुनने में आया कि इन दिनों गया में एक हरिजन थाना खुल गया है। लेकिन इस वजह से हरिजनों को जलाना-फूंकना क्या कम हो गया? मुरारी नहीं जानता।

उसके बाद सारा कुछ गोलमाल! धुआं-धुआं! उस ज़माने में इतनी सारी सिविल-अधिकार कमिटियां नहीं थीं। अख़बारों में इस समाचार को ख़ास अहमियत नहीं मिली। गया जिला और बिहार में, उच्च वर्णों द्वारा हरिजनों पर जुल्म-अत्याचार बरसाना, कोई नई बात नहीं थी। उस वक्त तक गया-पटना-भोजपुर में, बिहार का कृषि-प्रधान अंचल बारूद के विस्फोट से फट नहीं पड़ा था। सोशलिस्ट पार्टी से कम्युनिस्ट पार्टी में शामिल होने वाले, अर्जुन मालाकार को यहां तक आकर पहुंचने में पूरे दो दिन देर हो गई।

मुरारी, गोपाल और झुमरी पूरी तरह अनाथ हो गए। झुम उस वक्त कुल डेढ़ साल की थी! उसे वे पार्टी के ही किसी सदस्य के यहां रख आए। गोपाल और मुरारी को पहले पटना अस्पताल में भर्ती कराना पड़ा। दोनों ही सूनी-सूनी आंखों से घूरते रहते थे, जुबान से कुछ नहीं कहते थे, थोड़ा-बहुत जल भी गए थे। उसके बाद, वे दोनों पटना के जनसेवा अनाथ आश्रम के सदस्य हो गए।

मुरारी पासवान भीषण हिंस्र हो उठा। वह रसोई से खाना छीनकर खा जाता था, खेल के मैदान में मार-पीट करता था; क्लास में जिद करने में वह फर्स्ट था।

आश्रम के प्रधानाचार्य उससे बेतरह मेहनत कराते थे। दफ़्तर में, कुर्सी-मेज़ों की झाड़-पोंछ कराते थे; ज़रा ऊंची क्लास तक पहुंचते ही, उससे खाता-पत्तर लिखाते थे। अर्जुन मालाकार कभी-कभार ही आते थे।

वे कहते थे, ''बहुत अच्छा! बहुत अच्छा! इस तरह उसे मार-पीट करना आ जाए, तो वह कम मार खाएगा। वे लोग तो मार खाने के लिए ही पैदा हुए हैं।''

उन्नीस साल की उम्र में उसने मैट्रिक पास कर लिया। वह सन् 1969 का ज़माना था। स्कॉलरशिप लेकर वह कॉलेज की पढ़ाई के लिए धनबाद चला आया। वही मुरारी पासवान, उसी उम्र में हट्टा-कट्टा नौजवान हो उठा। रास्ता-घाट में मारपीट करने में उस्ताद! मन ही मन सपने देख रहा था, वह फ़िल्मों का हीरो बनेगा। लेकिन, धनबाद में ही, उसकी रचना-प्रतियोगिता में अव्वल होने और इनाम पाने के बाद, उसके सिर पर लेखक होने का भूत सवार हो गया।

उन दिनों, ये सब आलतू-फालतू कविताएं, किसी और छोकरे ने लिखी थीं। आगे अपने अतीत के बारे में, किसी को कुछ नहीं बताया था। ये बातें जब उसे याद आती भी थीं, तो वह जबरन भूलने की कोशिश करता था।

लेकिन उसकी कविताएं पढ़कर, यार-दोस्तों ने कहा, ''यार, ये सब क्या तुम्हारी अपनी बातें हैं?''

''नहीं, यह सब मैने देखा था।''

''हां, यही कुछ होगा। तुम तो हरिजन के बच्चों जैसे बिल्कुल नहीं लगते।''

अरुण श्रीवास्तव ने पूछा, ''हरिजन-बच्चा होने के लिए कैसा दिखना पड़ता है? सूरत-शक्ल में क्या कोई फर्क़ होता है?

अरुण के बड़े भाई, मज़दूर यूनियन करते थे। जनवादी मजदूर थे।

यूनियन और मुरारी के प्रति गुणमुग्ध हरीश कहा करते थे—''वे लोग उल्टी-पुल्टी राजनीति करते थे! उनके साथ क्यों मिलते-जुलते हो?''

''क्यों? मज़दूरों के हक़ के लिए लड़ना, क्या उल्टी-पुल्टी या ग़लत राजनीति है?''

''हरीश उसे अपनी मोटर साइकिल पर बिठाकर, ले गया था। धनबाद से भी आगे, खेतों की राह, एक निर्जन जगह ले जाकर, आगे कहा—दोस्त, तुम्हें ऐसी मोटर सायकिल पसंद नहीं है?''

''बेशक, पसंद है।''

''अगर चाहो, तो तुम भी ऐसी मोटर सायकिल के मालिक बन सकते हो।''

"होऽऽ, तुम्हारी तरह नोट भी उड़ा सकता हूं।"

"उड़ा तो सकते हो।"

"लेकिन, कैसे? अभी पास करूंगा..."

"नौकरी करोगे?"

"बेशक।"

"एक धंधे का प्रस्ताव है, अगर मर्जी हो तो बोलो!"

"प्रस्ताव किसने दिया है?"

"अभी बताना-सही नहीं होगा। वैसे तीन महीने तो यह काम कर ही सकते हो। महीने में पांच सौ रुपए मिलेंगे! खाना-पीना-रहना भी!"

"अच्छा? काम क्या है?"

"एक बूढ़ा-अपाहिज शख्स है! अमीर तो खैर, है ही! बेटा विलायत जा रहा है! बिल्कुल अकेला रह जाएगा वह बूढ़ा, इसीलिए..."

उसने उसके प्रस्ताव को तमाशा ही समझा था। इसलिए उसने कहा, "पांच सौ को हज़ार कर दे और तीन महीने बाद, एक इंसेंटिव बोनस दे, राजी हूं।"

"बात करूंगा। लेकिन, सुनो, इस बात का किसी से ज़िक्र मत करना। थोड़ा वक्त लगेगा, लेकिन बता दूंगा?

हरीश ने ऐसी अजीबोगरीब बातें की।

इधर अरुण ने कहा, "वाह, क्या कविताएं लिखने लगे हो! मैं तो पढ़-पढ़कर फ़िदा हूं।"

"हां, बहुत अच्छी कविताएं हैं।"

"होगा! तुम्हारा काम बनेगा! ज़रूर बनेगा।"

"क्या बनोगे? कवि?"

"और क्या?"

"चलो, किताब छपाते हैं।"

"अरे! छापेगा कौन?"

"है, बिरादर, ऐसा आदमी भी है।"

अक्षय प्रेस में अरुण और उसके साथी, काफी कुछ छपवाते रहते थे, वहीं उसकी किताब 'याद करो' भी छप गई।

अरुण के भाई की कोशिशों से जनवादी मजदूर यूनियन के कमरे में मुरारी का अभिनंदन किया गया। उसे प्रेमचंद का कहानी-संग्रह और एक सूती चादर भेंट की गई।

अरुण ने कहा, "इसे कहते हैं, जन गन की कविता! अब, मुरारी बन गया हीरो! इस तरह मुरारी हीरो बन गया।

रेवती को जब उसने बटपूरा में बसाया। उसके बैग से रेवती ने उस किताब की आखिरी प्रति अपने पास रख ली। अब यह किताब लौटाने से क्या फ़ायदा? हरीश के कहने पर, जब वह रोमांच जीने के इरादे से, कलकत्ता की ट्रेन में सवार हो गया, तब वह नहीं जानता था कि वह मुरारी पासवान को हाथ हिलाकर जा रहा है।

अरुण, उसका भाई, उस वक्त धनबाद में नहीं थे। उन दोनों को जनवादी खान मज़दूर यूनियन ने अपनी तरफ खींच लिया था। धनबाद में उन दिनों सूरज सिंह देव का राज-पाठ चल रहा था।

अरुण उसे कुछ बताए बिना गायब हो गया, इस वजह से मुरारी मन ही मन उससे भयंकर नाराज़ था।

अरुण ने उसका विश्वास नहीं किया। अगर वह गया ही, तो उसे क्यों छोड़ गया? अरुण के चले जाने के बाद, उसके लिए धनबाद में रहना दूभर हो आया।

हरीश ने कहा, "यह सज्जन असंभव प्रतापशाली है। तुम चलो तो सही, मेरे साथ! अगर वहां तुम लगे रहे, तो जाने कितने ही हरीश को नौकरी देने के काबिल बन जाओगे।"

"देखा जाएगा।"

"भई, बंगला तो तुम बुरा नहीं बोलते।"

"क्यों, बंगला बोलने में ऐसा क्या है? धनबाद में इतने बंगाली लड़कों के साथ पढ़ाई-लिखाई की; पटना के स्कूल में ही बंगाली लड़के कम तो नहीं थे।"

"इससे पहले, तुम कभी कलकत्ता नहीं आए?"

"ना! लेकिन इन दिनों कलकत्ता में नक्सल आंदोलन का काफी ज़ोर है न?"

"तुम्हें क्या फर्क़ पड़ता है? तुम तो नौकरी करने आए हो न। कोई राजनीति तो करने जा नहीं रहे हो।"

स्टेशन से सीधे गाड़ी में! अब वह सब बिल्कुल अलोक लगता है। वहां से सजे-सजाए, आलीशान इलाके में, एक कोठी! उसे बाद में पता चला कि

वह न्यू अलीपुर का इलाका था।

"वे इसी कोठी में रहते हैं।"

हरीश को देखते ही, दरबान ने उसे कोठी के अंदर कर लिया। उनका कमरा दूसरी मंज़िल पर था। हर कमरे के सामने पहरा।

"ये लोग क्या पहरा दे रहे हैं?"

"ज़रा, रुको!"

हरीश उस कमरे में पहले दाखिल हुआ। बाद में उसने आवाज़ देकर उसे भी बुला लिया।

इस व्यक्ति की उम्र, हद से हद, चालिस वर्ष! मज़बूत पेशियों भरा, बलिष्ठ चेहरा! छोटी-छोटी आंखें! बदन पर रेशमी कुर्ता और पायजामा।

"तुमने इन्हीं के बेटे के बारे में बताया था?"

हरीश के बजाय उन सज्जन ने बेहद प्यारी-सी मुस्कान बिखेरते हुए जवाब दिया, "नहीं, बरखुरदार, मेरे बारे में कहा होगा। ज़रा नाटक करना पड़ा, बैठो, मैं सब बताता हूं! तुम्हारे बारे में काफी सुना है मैंने और अब, देख भी रहा हूं कि तुमने कितना खूबसूरत बॉडी बिल्ड किया है! मुझे तुम्हारी ज़रूरत है!"

"क्या मतलब?"

"मुझे ही सुरक्षा की ज़रूरत है। अच्छा, चलो, मैं तुम्हें समझाता हूं। अरे, अरे, मैंने तो अभी अपना नाम तक नहीं बताया। मेरे पास, मेरे पिता का दिया हुआ, एक नाम तो है, लेकिन लोग मुझे 'डैनी' के नाम से ही जानते हैं। सुना, डैनी इज़ डैनी! नो, भाईसाहब या दादा बिज़नेस!"

"मुझसे यह काम... संभव नहीं है! कोई न कोई नाम तो लोगों का होता ही है।"

"ओफ़ ओ! फर्ज़ करो दनुजमर्दन राय... यह नाम सुनने में अच्छा लगता है भला? हरीश, यह वाकई काफी 'टफ' छोकरा है; काफी ताकतवर! मुझे ज़रा बजाकर जांच-परख रहा है।"

"कुछ दिनों पहले, आप एम.एल.ए. थे न?"

"देखा? सब ख़बर रखता है।"

"यह क्या हो रहा है? मुझे लेकर तमाशा?"

"नहीं, भई, मैं तमाशा-वमाशा नहीं करता! हां, मैं एम.एल.ए. ही था। लेकिन, अब, मैं अपने पार्टनर को एम.एल.ए. बनाना चाहता हूं! लेकिन चाहे जिस भी वजह से सही, मेरी जान को ख़तरा है, इसलिए मुझे एक साथी

की ज़रूरत है।"

"रुकिए, रुकिए, आप ही राइफल क्लब में थे न? अब मुझे याद आ गया।"

"बताऊंगा! सब बताऊंगा। एकाध बार पहाड़ पर भी चढ़ा हूं; तैराकी भी की है। क्यों किया है या नहीं? वैसे इन सभी हुनर में काफी कच्चा ही था। अच्छा, चलो, चलो, तुम्हें कमरा दिखा दूं। अब, खाओ-पीओ। मेरा ज़िंदगीनामा सुनने में ही तीन दिन लग जाएंगे।"

बाद में, बहुत बाद में, मैंने समझा था कि वह आदमी मेरी ही तरह अनाड़ी है, हमेशा लावारिस लड़कों की तलाश में रहता है और गोटी फेंककर, उन्हें पकड़ मंगवाता है। उसके पास हरीश जैसे ढेरों दलाल है। यह बात मैंने बहुत बाद में जानी कि राजनीति उसके लिए कारोबार है। कोरा धंधा।

उसने बताया—"बिहारी में मैं बिहारी हूं। बंगाल में बंगाली, नेपाल में नेपाली।"

लेकिन उसने यह नहीं बताया कि दरअसल यह राय है!

जनसेवा अनाथ आश्रम के बाकी लड़कों का क्या हाल हुआ, मुझे नहीं पता, लेकिन मैं चूंकि निरा अनाड़ी और मूर्ख था, इसलिए हर बार मैं खरीदा-बेचा गया।

इतने दिनों बाद, रहने के लिए, एक कमरा और उससे जुड़ा हुआ बाथरूम मिला। रात-दिन शाही आहार, नए-नए कपड़े-लत्ते, मेरा दिमाग़ घूम गया। हां, इसी का नाम जीवन है।

डैनी ने कहा, "अब, तुम्हारा नाम हीरो है! किसी और नाम की ज़रूरत नहीं है।"

मैं उतने में ही धन्य हो गया। इस तरह डैनी ने मुझे काफी कम दामों में यानी काफी सस्ते में खरीद लिया।"

उसके बाद ही, लालपुर में प्रवेश।

डैनी के साथ मैदान में जाकर, रिवॉल्वर चलाने का सबक सीखते हुए, अपनी पहली उत्तेजना, मुझे आज भी याद है। पहले महीने, हाथ में हज़ार रुपए पाने की उत्तेजना भी, मैं आज तक नहीं भूला।

लालपुर में लाल बाबू को वोट में जीत दिलाने के मामले में, असली काम था—बूथ दखल, बमबाज़ी और संत्रास फैलाना। यह काम वोट-पर्व के दौरान करना था। इससे पहले के चरण में, लाल बाबू के प्रतिद्वंदी, विशुन प्रसाद की हर चुनाव-सभा में बमबाज़ी और गुंडेबाज़ी करना भी, अहम काम

था।

विशुन प्रसाद का रक्षा-कवच था- गंगा महतो! विशाल चेहरा! यह भी सुना कि कभी वह फौज में भी रह चुका था। लाल बाबू, सिर्फ उसी से डरता था।

खुले ट्रक में, पता नहीं कौन-कौन तो जा रहा था, लेकिन वह मैं ही था, जिसने ट्रक रोककर, गंगा महतो को मार डाला।

गंगा महतो मर गया। विशुन प्रसाद के बैलॅट-बक्से इधर-उधर हो गए और लाल बाबू जीत गया। उन्हीं दिनों मुझे नई मोटर साइकिल मिली, लालपुर की धरती मिली।

रास्ते में जाते-जाते मैंने अर्जुन मालाकार को देखा। मैं ठिठक गया। अर्जुन मालाकार? वही अर्जुन मालाकार? साथ में एक छरहरी-सी किशोरी। ये दोनों बातें करते-करते जा रहे थे।

"अर्जुन जी! मैं... मैं...।"

"जानता हूं! लेकिन, यहां बात मत करो..."

"जी, मैं मुरारी पासवान...?

"मुरारी पासवान मर गया! छिः छिः छिः! पुराने दिनों के कम्युनिस्ट को हराने के लिए, तुमने कांग्रेस के लाल गुंडे से हाथ मिला लिया? तुमने किसे मारा है, मालूम? इस लड़की के बाप को! आगे तुम्हें... हां, तुम्हें कभी आग से बचाया था न? तुम आग में कूदे हो, अब देखना, इसी में जल मरोगे।

यह लड़की कौन है? कहीं यह, वही झुमरी तो नहीं है?

लेकिन मैं पूछ नहीं सका। वह लड़की अपलक मुझे ही देख रही थी। एकटक!

"लेकिन, मुझे तो गणेशी ने बचाया था...?

"गंगा महतो ने ही इस लड़की को पाल-पोसकर बड़ा किया है।"

पिता का काम किया था।

"मैं...?

"इतना बड़ा आंदोलन हुआ... इतने लड़के मर गए... और तुम... इतनी कविता-टविता लिखने के बावजूद... आखिर में, तुम किराए के गुंडे बन गए?"

मेरे माथे में आग जल उठी।

मैंने कहा, "सुनिए! रुकिए! नतीजा देखकर, बुरा लग रहा है?"

"नफरत हो रही है।"

"इसके लिए तो आप लोग ही जिम्मेदार हैं।"

"वा-ह! बहुत खूब! वो कैसे?"

"उस वक्त कहां भेजा था आपने? अनाथ आश्रम में! किसी भलेमानस के पास, अपने साथ रखकर, इंसान क्यों नहीं बनाया? उस अनाथाश्रम में, चार की जगह, पांच रोटियों के लिए मार-पीट करना पड़ती थी, साल में दो के अलावा, तीन हाफपैंट, कभी भी नसीब नहीं हुआ, मालूम? वहां पले-बढ़े, तो जंतु-जानवर के अलावा, इंसान कैसे बन सकते हैं?"

"तुम्हारे पिता जैसे आदमी थे..."

"उसी के बेटे की आप लोगों ने क्या खूब कद्र की..."

"उस वक्त मैं जेल चला गया था।"

"छोड़िए! जिसे अच्छा कुछ सीखने का कभी मौका ही नहीं मिला हो, वह बुरा नहीं निकलेगा, तो और क्या बनेगा? असल में, उस दिन बप्पा ने ही मेरा सबसे बड़ा नुकसान किया। अगर वे मुझे आग से न बचाते, तो सारा झमेला ही चुक जाता। आपलोगों ने बहुत अच्छा-अच्छा देखा है, बहुत-बहुत सम्मान माया है, लेकिन, आप कम्युनिस्टों में ही तो ख़ासी लड़ाई है, क्यों? जाइए, जाइए, मज़े में हैं, मज़े में रहिए।"

मुझे भयंकर गुस्सा आया। वापस लौटकर, मैं गुमसुम बैठा रहा।

उसके बाद ही लाल बाबू ने मेरे सामने चारा फेंका, "सुनो, मेरे पास आ जाओ! मैं तुम्हें बिज़नेस में बिठा दूंगा।"

"किस बिज़नेस में?"

"ठेकेदारी करना..."

"डैनी से पूछ देखूं!"

"अरे उसे बताने की ज़रूरत है?"

"उसीने तो आपको जीत दिलाई!"

"इस बार मैं ही जीतता; अगली बार भी मैं ही जीतूंगा। उसने मुझे जीत दिलाई, इसका क्या मतलब है? हांऽऽ, प्लान, प्रोग्राम अच्छा करता है, सो पांच लाख रुपए खींच लिये। ट्रकों का ट्रांसपोर्ट कारोबार भी करेगा। तुम्हें क्या दिया उसने, बताओ?"

"यह मैं बाद में समझा दूंगा कि उसने मुझे क्या दिया है।"

"लेकिन मुझे तुम्हारी ज़रूरत है।"

"बाद में बात करूंगा।"

डैनी, जो मेरे हाथों मरा, इसके तीन साल बाद, सन पचहत्तर में,

इमरजेंसी के दौरान, उसने मुझे क्या दिया?

अनिवार्य रूप से अपनी सुरक्षा खो देने के ख़ौफ़ से, मैं हर पल आशंकित रहा। डैनी ने मुझे इस ख़ौफ़ से मुक्ति दिलाई।

मैं हरिजन, अनाथाश्रम का माल हूं, मेरा यह परिचय, उसने जड़ से मिटा दिया।

खेल-खेल में दिया गया 'हीरो' नाम ही, मेरा असली नाम बन गया।

हाथ में रिवॉल्वर हो, तो मैं शहंशाह हूं इसके आस्वादन का अहसास रसीदा उपहार है।

डैनी ने ही उच्च आकांक्षा का इरादा, इंजेक्शन के जरिए मेरे खून में भर दिया।

लेकिन लोग मुझसे भला डरने क्यों लगे? डैनी और लाल बाबू को भला मेरी ज़रूरत क्यों पड़ गई?

यही तो मज़ा है।

तब तक मैंने ज़्यादा लाशों का ढेर नहीं लगाया था, ज़्यादा लोगों को नहीं मारा था। गंगा महतो मेरा पहला शिकार था।

कत्ल करने के बाद, मुझे उत्तेजना या खुशी का अहसास नहीं हुआ। मैं, मैं ही बना रहा।

डैनी ने कहा, "तुमने किसे मारा है, मालूम? बहुत बड़ा काम किया है तुमने।"

"मैने गंगा महतो को मार डाला। उसे मारने ही तो गया था। जिस काम के लिए गया था, वही काम पूरा किया। इसमें इतनी तारीफ की क्या बात है, यह मेरे पल्ले नहीं पड़ा।"

"तुम्हें पता है, उससे सभी लोग डरते थे?"

"अगर मैं उसके हत्थे चढ़ जाता, तो वही मुझे मार गिराता। प्रोफेशनल आदमी था। मैंने उसे लाश बना दिया। फेयर एक्सचेंज।"

"यह तो निहायत दुर्लभ क्वालिटी है, हीरो! जो बंदा, इस ढंग से गोली चला सकता है..."

"हमेशा ऐसा नहीं होता। बच्चे, औरत, बूढ़े लोग–जो गंगा की तरह प्रोफेशनल नहीं हैं, अनपढ़ लोग हैं, अगर उन्हें मारने को कहा गया, तो मैं हरगिज नहीं मारूंगा। विशुन बाबू, अर्जुन बाबू की जान नहीं लूंगा।"

"और, जो लोग बिहार में उग्रपंथी राजनीति करते हैं?"

"नहीं, मार सकता। मुझे माफ़ करें।"

"वे लोग कितना बड़ा नुकसान कर रहे हैं, इसका तुम्हें अंदाज़ा है?"

"अब, आप मुझे हंसाएं नहीं, सर! लाल बाबू ने और आपने और मुझ जैसे दल्लालों ने जितना नुकसान किया है, जो-जो नुकसान करेंगे, उसकी तुलना में, उन बिचारे लोगों ने ऐसा क्या किया है? कुछ भी नहीं!"

"तुम्हें उन लोगों से बेहद हमदर्दी है?"

"एक अदद किराये के गुंडे की हमदर्दी? ना! लेकिन उन लोगों की राह से हमारी राह काफी फ़र्क़ है। मुझे भी वे लोग नफ़रत ही करेंगे! करना भी चाहिए! खैर, ये सब बातें छोड़ें। अभी क्या मेरे रहने की ज़रूरत है?"

"जरूरत तो अभी ही है।"

"इस टीम के साथ काम नहीं किया जा सकता।"

"क्यों? लड़के तो सब अच्छे ही हैं!"

"आप तो बस, बिज़नेस चाहते हैं न?"

"बे-शक! लाल बाबू के पीछे इतना-इतना इनवेस्ट किया। उसका रिटर्न नहीं चाहूंगा?"

"आप क्या यह भी चाहते हैं कि मैं आपका होकर काम करूं? या मुझे क़दम-क़दम पर ध्यान का हुक्म मानना होगा?"

"ध्यान मेरा पुराना आदमी है। विश्वासी है।"

"हां, यह तो सच है।"

"हां, तो तुम क्या बता रहे थे? टीम..."

"बताता हूं! आपके या लाल बाबू के लोगों को तो देख लिया। सिर्फ तगड़े पहलवानों का टीम गढ़ लिया है, आप लोगों ने! लेकिन मुझे चाहिए बुद्धिमान, विश्वासी, और ही किस्म के लड़के! जो छोकरे मेरे साथ काम करेंगे, वे सब इन लोगों की तरह अंगूठाछाप लड़के नहीं होंगे। जिनकी शक्ल देखकर लड़कियां-औरतें भाग खड़ी हों, बच्चे डर के मारे रोना तक भूल जाएं, गरीब-गुरबा दहशत से कांपने लगें, ऐसे बंदे मुझे नहीं चाहिए। जिनके लिए मौज-मज़ा का जरिया है– दारू चढ़ाना, औरतों को बर्बाद करना, दुकान-बाज़ार-सिनेमाघरों में हो-हल्ला मचाना! ये लोग तो उसी ब्रांड के हैं। इसके अलावा और क्या है?"

डैनी उसका चेहरा निहारता रहा।

"ऐसे लड़के तुम्हें मिलेंगे कहां?" उसने पूछा।

"मिलेंगे! मिलेंगे! लेकिन मैं ठहरा आपका आदमी! आप जो कहेंगे, मैं वही करूंगा। मैं फिर कहता हूं, अगर आप मुझे छुट्टी दे दें, तो वह भी

मैं मान लूंगा।"

"कहां जाओगे? क्या करोगे?"

"पता नहीं! लगता है, अब किराये के टट्टुओं के बिना, राजनीति नहीं चलेगी। ये विशुन बाबू, अर्जुन बाबू... ये लोग राजनीति कहां करते हैं? राजनीति कोई नहीं करता। कहीं भी चला जाऊंगा, कुछ भी कर लूंगा।"

"तुम क्या सोचते हो? इसमें से निकल पाओगे?"

"नहीं निकल पाऊंगा?"

"यह इतना आसान नहीं है, हीरो!"

"आप चुनौती दे रहे हैं?"

हीरो अंदर-ही-अंदर भड़क उठा। जाने किस गुस्से या क्षोभ में, वह जनसेवा अनाथाश्रम का वही मरकुट्टा, हिंस्र लड़का बन गया था। जाने किस आग में जलते-फुंकते, अब वह हर वक्त, सब कुछ छीन लेने को आमादा था। आज हीरो को अहसास हो गया था कि चंद हिंसक लोगों की जलाई हुई आग ने, इस बच्चे से, उसकी दुनिया छीन ली थी। उसके बप्पा, मां, मां की कोख में पलता हुआ, चार महीने का वह शिशु—सभी प्राणी! वह बच्चा अगर जन्म ले पाता, अगर इंसान बन पाता, तो...! उस आग ने उसका सब कुछ छीन लिया—पानी रखने का मिट्टी का घड़ा, ताखे पर एहतियात से रखी हुई, मां की पूजा की लक्ष्मी की तस्वीर, उस बच्चे का अपना तकिया, पढ़ाई की किताबें, स्लेट, खेतों-मैदानों में भुट्टे सेंककर खाने का आनंद, बटेर और हारिल पक्षियों के उड़ते हुए झुंडों को देखने का सुख, कुएं के पानी में नीले आसमान को देखने का विस्मय।

हीरो ने आगाह किया, "देखिए, मुझे चुनौती न दें।"

डैनी ने ईषत् हंसकर जवाब दिया, "देखो, चुनौती बराबरवालों को दी जाती है, छोटे बच्चों को चुनौती कौन देता है? सुनो, जो सेट-अप पहले से मौजूद है, उसे वैसा ही रहने दो और तुम भी रहो।"

"नहीं, मुझसे ऐसा नहीं हो सकेगा।"

"लेकिन, जाओगे कहां?"

"इतना परेशान क्यों हैं? आपसे जान-पहचान होने से पहले भी मैं ज़िंदा था और बाद में भी ज़िंदा रहूंगा।"

डैनी के होठों पर से वही प्यारी-सी हंसी फिर आई, "तुम जा तो सकते हो, लेकिन, लौटकर भी आना होगा! आना ही होगा। असल में, यह वन-वे रास्ता है, भइए। इससे निकला नहीं जा सकता। कभी ध्यान ने भी सोचा

था कि वह इन सबसे निकल जाएगा।

''अच्छा, गुड्‌ बाई, सर! लीजिए यह रही, मोटर सायकिल की चाबी, गाड़ी दिनेश की दुकान के सामने खड़ी है।''

''याद करो''

विश्वास किया था किसका? अर्वाचीन! नए का?
छपे हुए नोटों का क़िला, निओन की रोशनी!
क़ीमती साबुन की गंध, एम्बेसडर गाड़ी?
बप्पा ने कहा था, रखना विश्वास किताबों में!
अक्षरज्ञान वह संपदा है,
जो कोई छीन नहीं सकता।
मां ने सिखाया था -
अपनी दोनों बांहों पर करना भरोसा!
थामों कलम!
चाहिए कुदाल!
हाथ कभी बेईमानी नहीं करता!
तुम्हारे गांव की माटी का,
किया जा सकता है भरोसा!
ऐसे ही कितने जन के लिए लाए थे...
कुएं से चक्की तक,
सड़ी हुई रस्सी से पानी खींचने की आवाज़ें!
पके हुए धान की, तप्त खुशबूदार हवा!
नाले के पानी में नहाने का सुख...
ढह गया विश्वास, जो कुछ भी था नया! अर्वाचीन!

यह कविता, हरीश जैसे लड़के के लिए ही लिखी गई थी। लेकिन अब यही कबूल कर लेना ही बेहतर है कि यह कविता, उसके अपने ही संदर्भ में सच हो गई।

सन्‌ बहत्तर के चुनाव के बाद, जिस दिन हीरो ने लालपुरा छोड़ा और किशनगंज जाने के लिए बस में सवार हुआ था, तीन घंटे बाद, वह बाकी सभी यात्रियों के साथ ही झिंझुटपुर में उतर गया। कहीं खाना खाने के लिए, वह जा ही रहा था कि पुलिस ने उसे धर दबोचा। उसे गिरफ़्तार करने की वजह क्या थी, पुलिस ने नहीं बताया। उसे जीप में, पायदान पर बिठाये रखा।

अफसर ने उसके सामने गंगा महतो की फोटो फेंककर दरयाफ़्त किया!

इसे पहचानते हैं?"

"ना -"

"बिना पहचाने ही किसी समाजसेवक, राजनीतिक कार्यकर्ता को मार डाला? यह कैसी बात?"

"कब कत्ल हुआ?"

"पिछले महीने, बारह तारीख को।"

"तो इस महीने के उन्नीस तारीख को मुझे क्यों गिरफ़्तार कर रहे हैं?"

"थाना यह कैफियत क्या तुम्हें देगा?"

"इस बारे में मुझे कुछ नहीं कहना..."

"बिहार में चुनाव का मतलब ही है, गुंडागर्दी! अब, यह सब नहीं चलेगा। विशुन बाबू ने ही शिकायत की है। वे ठहरे पुराने आदमी! वे क्या झूठ बोलेंगे?"

"मुझे कुछ नहीं कहना-"

"देखो, कबूल कर लिया, तो बच जाओगे, मतलब, सज़ा कम होगी!"

अफसर ने लंबी सांस भरकर कहा, "उन्होंने तो कहा था, तुम्हें लॉक-अप में रखा जाए।"

हीरो उस अफ़सर का चेहरा देखता रहा! इस आदमी के साथ लाल बाबू और डैनी की गहरी दोस्ती है! वोट के समय उसे जो मिला है और बाद में भी उसे जो मिलनेवाला है, उसमें तो उसका पटना के पाटलीपुत्र कॉलोनी में फ्लैट हो जाएगा। तनूख़ाह के रुपयों में भी हाथ लगाने की ज़रूरत नहीं होगी। ज़रूर यह सब डैनी के बनाए हुए नक्शे हैं।

उसे लॉक-अप में बंद कर दिया गया। शाम को अफसर उससे काफी शराफत से पेश आते थे, लेकिन रात को बिल्कुल उल्टा व्यवहार किया जाता था, क्योंकि विशुन बाबू उन्हें लगातार उकसा रहे थे।

"वही तो... वही तो है! उसे अदालत में चालान कर दें। कमबख़्त को झुलाए रखें। चुनाव आते ही, वह हमें मारेगा-पीटेगा और आप लोग खड़े-खड़े तमाशा देखेंगे?"

"नहीं, नहीं! आपने तो देखा, हमने उसके खिलाफ ऐक्शन लिया -"

"फॉलो-अप भी करेंगे न? मतलब, पीछे लगे रहेंगे न?"

"बेशक! बेशक! अर्जुन बाबू नहीं आए?"

"नहीं, वे अपनी जगह चले गए।" अचानक वे एकदम से भड़क उठे, "बड़े नेता हैं न! हमारे लिए वे क्यों फंसे रहें? खैर, छोड़ें। गंगा हमारा

पुराना आदमी था। उसके कत्ल से आम जनता बेहद गुस्से में है! अच्छा, मैं चला...''

थाने में रात का रवैया बिल्कुल बदल जाता था। हीरो को तो बाद में जानकारी मिली। थाने का चरित्र ज़रा भी दुबोध नहीं था, बल्कि बेहद आसान था। थाना किसके साथ, कैसे पेश आएगा, इसके दो अलग-अलग मानदंड थे। गिरफ़्तार किसे किया गया है, यह कोई ख़ास बात नहीं है।

जिस बंदे को गिरफ़्तार किया गया है, उसके पीछे, कोई खूंटा है या नहीं; अगर खूंटा मौजूद है, तो गिरफ़्तारी के संग-संग कोई फोन आ पहुंचेगा। वैसे आसामी + थाना + बाहरी फोन—इस मामले में भी, हमेशा, जैसा नियम लागू नहीं होता।

वह फोन करने वाला शख़्स अगर गिरफ़्तार व्यक्ति को थोड़ा-बहुत सबक़ देना चाहता है, तो फोन आएगा ज़रूर, मगर उसकी हिदायत में गड़बड़झाला होगा।

अगर सबक न देना चाहता हो, तो झटपट केस; झटपट मुक्ति!

गिरफ़्तार व्यक्ति का अगर कोई खूंटा नहीं हुआ, तो वह तो गया बारह के भाव! लॉक-अप में चौबीस घंटे से ज़्यादा वक्त तक रोके रखना, गैर-कानूनी है। लेकिन गिरफ्तार व्यक्ति अगर अनाथ हो (मां-बाप के होने के बावजूद जिसका कोई खूंटा न हो, वह अनाथ होता है), तो उसे लॉक-अप में जितने दिन मर्जी हो, आराम से रख लो; पीट-पीटकर मार डालो और उसे 'डायड ऑफ नेचुरल कॉजेज' या 'कमिटेड सुइसाइड'—के तहत दर्ज कर दो! प्राकृतिक कारणों से मृत्यु या आत्महत्या! जीवित या मृत, लॉक-अप से निकालने के लिए, गिरफ्तार व्यक्ति के अपने लोगों को घर के बर्तन-भांडे तक बेचकर, रुपए चुकाने होते हैं।

इसके अलावा जात-पांत का मामला! हरिजन या आदिवासी लोगों के मामले में, बिहार थाना, आमतौर पर चरम दंड देने में विश्वास करता है।

कहीं-कहीं थोड़ी-बहुत हवा बदल भी रही है, जहां नक्सल ताकतें सक्रिय हैं, वहां पुलिसिया पशुता लगातार जारी रहती है, लेकिन वे लोग भी पुलिस की जान लेते रहते हैं। पहली और आखिरी बार जेल जाते हुए, हीरो ये सब हिसाब-किताब सीखकर नहीं गया था। उसके लिए कहीं से फोन आएगा, उसने ऐसी उम्मीद भी नहीं की थी।

नतीजा यह हुआ कि आधी रात या रात बारह बजे से, जब उसकी धुलैया शुरू होती थी, उस वक्त भी उसने पहली बार गौर किया, पुलिस ने एक बार भी उससे स्वीकारोक्ति करने की कोशिश नहीं की। लेकिन, मारते-मारते पुलिस धाराप्रवाह विवरण या रनिंग-कमेंटरी दिए जाती थी। पुलिस पेशेवर, यानी प्रोफेशनल होती है। मारते हुए, वे लोग कभी हांफते भी नहीं।

"...अरे, भइए, चरिमा, जो लौंडा धनबाद से लालपुर में प्रकट होता है, कम्युनिस्टों को लतियाता है, गंगा महतो का खून करता है, इसकी क्या वजह है? या यह मास्टर का आदमी है? भोजपुर से आया है? कहीं नक्सल तो नहीं है? इसका नाम देखा है? हीरो है हीरो! बहुत बड़ा हीरो! राज कपूर... या दिलीप कुमार या देवानंद? एइ, एइ, कान, माथा, चेहरा, नाक, गर्दन बचाकर! देख, कहीं हड्डी-वड्डी मत तोड़ना...।"

यह सब सुनते-सुनते ही, हीरो बेहोश हो गया। पहले तो वह अपने दांतों से होंठ दबाये, सहता रहा। नतीजा यह हुआ कि होंठ कट-फट गए और वहां से खून बहने लगा। बाद में, ओह! उसे सुनाई देता रहा, वह खुद चीख रहा था। उफ! उफ! उफ!

उसके बाद, वह बेहोश हो गया।

जब उसे होश आया, सुबह हो चुकी थी। काफी सारी तकलीफें और मार-पीट झेलने के बाद! उसके बाद, पुलिस अफसर ने अपनी रिपोर्ट पर, उसका दस्तख़त मांगा। अपने लिखे कागज़ पर, उसने हीरो को दस्तख़त करने को कहा। पुलिस ने उसके अंगूठे की छाप ले ली।

अफसर परेशान था। हालांकि वह रात-भर सोया था, सुबह नित्यकर्म भी निपटाया, दांतुन भी किया। स्नान-पूजा करके वह दूध भी पी चुका था। धुली-धुलाई, इस्त्री की गई वर्दी भी पहन ली, लेकिन, उसके चेहरे पर परेशानी के निशान!

हीरो आगभभूखा आंखों से देखता रहा।

"चलिए, अदालत में हाज़िर कीजिए! आइ डिमांड इट!"

"अभी चौबीस घंटे नहीं हुए।"

"चौबीस घंटे पहले ही हाज़िर करो, बास्टर्ड!"

अफसर ने दर्द भरी आंखों से देखा।

"यू बास्टर्ड ऐंड..."

चुन-चुनकर गालियां! वह भी सारी गालियां अंग्रेज़ी में!

अफसर की आंखों में वेदना!

"कॉलेज में पढ़े हैं, अपनी मातृभाषा भूल गए?"

"मैं लावारिस हूं! मुझे "आप" कह रहे हो?"

अफसर कुछ बोलना चाहता था, मगर बोल नहीं पाया। आंखों में दर्द की लकीरें!

"चाय पीएंगे?"

जवाब में हीरो ने कुछ और अकथ्य बातें सुना दीं।

सिपाही चरिमा "राम-राम" कहते हुए, वहां से हट गया। हीरो दीवार से टिका बैठा रहा। उन दिनों भी फ़िल्मों में पुलिस + डाकू + माफिया + गॉडफादर + अत्याचारी जमींदार—इनकी सम्मिलित हिंसा, सर्वाधिक विक्रय का सामान नहीं बना था। नतीजा यह हुआ था कि मार खाने के बाद, हीरो शत्रुघ्न सिन्हा या धर्मेंद्र जैसा बिल्कुल नहीं दिख रहा था। हीरो, हीरो की तरह ही लग रहा था। अचानक फोन बज उठा।

अफसर दौड़कर फोन के पास जा पहुंचा।

हीरो आंखें मूंदे बैठा रहा।

जब तक शाम नहीं होती, चौबीस घंटे पूरे नहीं होते।

जब तक चौबीस घंटे पूरे नहीं होते, उसे अदालत नहीं भेजा जाएगा।

उसने मन ही मन कसम खाई, इस बार अगर वह रिहा हो सका, तो वह अपना इंश्योरेंस ज़रूर करा लेगा। अगर अपराध ही पेशा बन जाए, तो उसे इंश्योरेंस करा लेना चाहिए। गुनाह करना, अगर पेशा बन जाए, तो इंश्योरेंस कराना, जरूरी होता है।

यह इंश्योरेंस 'जीवनदीप' नहीं है!

यह कोई और इंश्योरेंस है।

कुछ देर बाद ही डैनी की हुंकार सुनाई दी, "फौरन... फौरन रिहा करें उसे! विशुन बाबू की यह मजाल? वोट में हार जाने के बाद भी उन्हें शर्म नहीं आती! गंगा महतो! हुंहः! आपको ख़बर है कि उसने कितने खून किए थे? लड़का अपने घर जा रहा था और आपने उसे गिरफ्तार कर लिया? अब बहुत हो गया! मैं समझ गया हूं, लालपुर के लिए आप पूरी तरह अनफिट हैं! अयोग्य हैं! नाकारा हैं।"

अफसर ने बुदबुदाकर जाने क्या तो कहा! दूसरा सिपाही, गोविन्, दौड़कर आ पहुंचा और दरवाज़ा खोलकर उसने गुहार लगाई, चरिमा, पानी..."

पानी में झाड़न भिंगोकर उसका हाथ-मुंह पोंछा गया।

अगले ही पल गोविन् ने कहा, "लीजिए, कमीज पहन लीजिए, पैरों में जूते डाल लीजिए..."

हीरो समझ गया, कल डैनी ने क्या कहना चाहा था और मन ही मन फैसला कर लिया कि इसका बदला वह ज़रूर लेगा। हरीश उसे इस लाइन में लाया था और डैनी ने उसे समझा दिया कि एक बार इस लाइन में नाम लिखाने के बाद, इसे छोड़ना नामुमकिन है! डैनी जैसे लोग, हीरो जैसे लोगों और पुलिस–सभी को नियंत्रित करते हैं।

लेकिन, डैनी के चेहरे-आंखों पर कोई धूर्त-विजेता की आत्मतुष्टि की गरिमा नहीं थी। उसकी परेशानी आंतरिक थी। वह लगभग दौड़कर आया और उसने हीरो को थाम लिया।

उसने अफसर से कहा, "यह तो जा रहा था...लालपुरा छोड़कर जा रहा था। आप लोग असली मुजरिम का कोई नुकसान कर नहीं पाते, लेकिन जो लोग ग़लत राह पर उतरने के बाद, सुधरना चाहते हैं, उन्हें आप लोग मौका नहीं देते। ही वाज़ ए गुड ब्वाय! अच्छा, शरीफ लड़का था यह। मैंने उसका इस्तेमाल किया...हां, मेरा काम ही यही है...लेकिन अब, वह यह लाइन छोड़कर जा रहा था और मैं इसके लिए राजी भी हो गया था। बेहद विशुद्ध मेटल है! बड़ा मज़बूत धातु है! यह लड़का अगर पुलिस में गया होता, तो समूचा लालपुर ठंडा हो जाता।"

हीरो अवाक्! ना, वह कृतज्ञता से विगलित ही हुआ था। उसे तो बस, इस बात का अंदाज़ा हो गया कि लॉक-अप से रिहा कराने के बाद, डैनी उसे पाताल में ठूंसे दे रहा है? अब उसे जिंदगी भर वहीं रहना होगा।

तीन

'याद करो' में यह कविता तो लिखी ही नहीं गई। वह मन ही मन, मन के कागज पर, मन की कलम से यह कविता लिखता रहा है।

याद रखो, अब तुम्हें उम्र-भर का कारावास,
यह ताउम्र कारावास बीस वर्ष का नहीं होता,
न ही चौदह वर्ष का होता है।
यह सज़ा तो मौत तक चलती है।
दंड प्राप्त आसानी छुट्टा घूमता है।
उसके इर्द-गिर्द जेल की सलाखें नहीं होतीं;
न ही पांवों में ज़ंजीर!
फिर भी वह सज़ायाफ़्ता होता है!
आकाश, पथ, शहर या गांव,
वह हर ओर, कहीं भी जा सकता है,
फिर भी वह सज़ायाफ्ता है। मौत तक! जीवन-भर!

अफसोस, यह कविता रेवती को नहीं भेजी जा सकती, हालांकि वह किताब थमाते हुए, रेवती ने उसे मुरारी कुमार को याद करने को कहा था।

याद करके क्या होगा? विशुनपुरा के हरिजन टोले में अब लौटा नहीं जा सकता। मुरारी कुमार तक नहीं लौटा जा सकता। मुरारी कुमार अब मर चुका है, रेवती! बहुत-बहुत दिनों पहले! अर्से पहले!

मुरारी पासवान जैसे लोग, आज भी मौजूद हैं। वोट के साथ हीरो ने उन्हीं लोगों को डराया-धमकाया था। मुरारी जैसे इंसानों का डरा-सहमा चेहरा, तेल जैसा चिकना चेहरा, गले में काले डोरे में बंधी तावीज, मानो उसे गाय-भेड़ों की तरह खदेड़ती रही। हाथ में मारो छाप, वर्ना पूर्व-पुरुषों तक भेज दिया जाएगा। उन दिनों को याद करो, तो आज भी अपने प्रति, खून में

नफ़रत जाग उठती है। डैनी जब उसे लाया था, तो उसने उसे अपने घर में ठहराया था। आउट हाउस में! डॉक्टर उसकी जांच के लिए आता था। नउआ मालिश कर जाता। डैनी के घर से खाना आता था। वहां, कपड़े-लत्ते, जूते, पत्र-पत्रिकाएं, रेडियो—सभी कुछ मौजूद था।

डैनी खुद कभी नहीं आता था।

हां, बीच-बीच में ध्यान नामक बंदा, ज़रूर आता था।

कुछ ही दिनों के अंदर, हीरो पूरी तरह स्वस्थ हो उठा। उसने डैनी को संदेशा भेजा कि वह उससे मिलना चाहता है।

खाने की मेज़ पर ही बातचीत हुई! रेवती खाना परोसकर चली गई। करीब बीस साल की सांवली-देहाती लड़की। सीधे पल्ले की साड़ी पहने हुए! जुबान पर ताला लगा हुआ।

"हीरो, अब मैं तुम्हें अपने ट्रांसपोर्ट का मैनेजर बनाए दे रहा हूं। लालपुरा से पश्चिम बंगाल में घुसोगे, वहां से नॉर्थ बंगाल होकर सिलीगुड़ी! ध्यान से अब यह सब नहीं सम्हलता।"

"हिस्सा कितना होगा?"

"जिस-जिस तरह का माल आएगा, उस पर... कितने परसेंट?"

"पहले काम देख लूं, जब तय करूंगा।"

"बटपुरा में तुम्हारा सेंटर होगा... वह हो जाएगा। फिलहाल, लालपुरा के बाहर-बाहर की तरफ! दक्षिण में जौखाना पर कब्जा करना ज़रूरी है। वह परेशानी की वजह बनता जा रहा है। जौखाना, हातूरा, मउबनी—ये सब बड़े-बड़े मुहल्ले हैं। एक के बाद एक, क़तार से बसे हैं।"

"क्यों? वोट तो मिल ही गया है।"

"उसे वोट पाना नहीं कहते, हीरो! लालबाबू के लोग छापा मार रहे हैं। ध्यान उसके साथियों ने किसी तरह रोके रखा था। वह गंगा महतो का गांव है।"

"लेकिन, वे लोग तो हरिजन हैं।"

"गंगा महतो कम्युनिस्ट होने के बाद, वहीं तो रहता था। अब उसने बीड़ी वर्कर यूनियन खड़ा कर लिया था, खेत-मजदूर यूनियन भी बनाया...बाद में ये सब यूनियन नहीं रहे। लेकिन उन लोगों ने किसी दिन कांग्रेस को वोट नहीं दिया। सोशलिस्ट पार्टी...कम्युनिस्ट पार्टी..."

"पांच साल का वक्त तो मिलेगा ही..."

"अरे, वहां ऐसे हरामज़ादे लोग क्या कम हैं? विशुनबाबू के उकसाने पर, सालों ने नाचते-कूदते हुए, कम्युनिस्ट एम.पी. लोगों को लिख मारा कि पार्लियामेंट में गंगा महतो का प्रसंग उठा दो! यहां वोट के नाम पर गुंडेबाज़ी हो रही है।"

"उन लोगों ने लिख भेजा है?"

"विशुन बाबू ने लिखा है। अरे, बात तो एक ही हुई न! सभी कमबख़्तों ने वोटर-लिस्ट दिखाई है, नंबर दिया है। यह विशुन बाबू काफी खचड़ा आदमी है।"

"अब, क्या करेंगे?"

"ध्यान देख रहा है कि क्या किया जाए। उसका और विशुन बाबू का पुराना झगड़ा है। वह तो इस बात से भड़का हुआ है कि विशुन बाबू को मारने का हक़ उसका था।"

"तो उसने मारा क्यों नहीं?"

"मार नहीं सका -"

हीरो अपने डेरे पर चला आया।

लालपुरा बहुत बड़ा टाउन था! करीब ही गोराई नदी! लालपुरा से जौखाना के बीचोंबीच की किसी जगह पर, लाल बाबू ने उसे घर दिला दिया।

"देखो, बटपुरा जाने में अभी देर है। उससे पहले यहीं..." उसने समझाया।

हीरो को अंदाज़ा हो गया कि चाहे जिस भी वजह से हो, ध्यान डैनी के हाथों तबाह हो चुका है, वर्ना ठीक उसी कौशलपूर्ण जगह में, डैनी उसे क्यों घर देता? जिस घर के करीब ही, गोराई पार करने के लिए घाट बना है और जिस घाट पर भानू और रवि नामक, अठारहसाला दो-दो जवान छोकरे, चाय की दुकान खोले बैठे हैं?

"वहां तुम बिल्कुल अकेले ही रहोगे?"

"आपकी सुरक्षा मिलेगी, डर की क्या बात है?"

"लेकिन, सुनो, जौखाना की तरफ मत जाना। चूंकि तुमने गंगा को मार डाला, इसलिए वहां के लोग भड़के हुए हैं। अरे, हां, याद आया, थाने वालों ने तुम्हारा बैग लौटा दिया है। रुपए-पैसे गिन लो।"

"क्या फ़ायदा? मुझे मालूम है, रुपए उसमें सलामत होंगे।"

घर जाकर, हीरो ने बैग खोलकर देखा। कंधे पर झुलाने वाले थैले में

पर्स मौजूद था। उसमें एक लिफाफे में पांच हज़ार रुपए थे और रिवॉल्वर था कारतूस।

जाते वक्त हीरो ने अपने पहलेवाले डेरे से बरजू को बुला लिया था। बरजू चाय की दुकान पर काम करता था, मालिक के हाथों मार खाता था। गंगा महतो का कत्ल करने के बाद, डैनी रातों रात मशहूर हो गया और उसने बरजू के मालिक को आगाह किया कि यह मार-पीट, चीख-चिल्लाहट, रोना-धोना ख़त्म करो।

बरजू का मालिक समझ गया। इधर बरजू उसके प्रति अतिशय कृतज्ञ हो उठा।

बरजू अब उसकी नेक नज़र की उम्मीद में उसके आगे-पीछे घूमने लगा।

हीरो का प्रस्ताव सुनकर, उसके हाथों मानो चांद आ गया।

"देख, तू वहां रहेगा, खाना पकाएगा, खाए-पीएगा और तंखाह पाएगा। चलेगा?"

बरजू उसके साथ चला आया।

उसी ने बताया, "दद्दा, भानू और रवि... बाकी सभी लोग ध्यान का नाम लेते हैं, लेकिन यह भी कहते हैं कि गंगा को असल में तुमने मारा?"

"तू उन लोगों की बात सुनता ही क्यों है? वे लोग जौखाना के आदमी हैं। उन पर कभी भरोसा मत करना।"

लेकिन, पिछली रात, करीब-करीब आठ बजे, जब जौखाना की तरफ, शोर मचा, रुलाई और हाहाकार सुनाई दी, आकाश-छूती आग की लपटें उठने लगीं, उस दिन हीरो एकबारगी पागल हो उठा। मुरारी पासवान-विशुनपुरा को नहीं बचा पाया; हीरो भी क्या नाकाम रहेगा? वह तो विशुनपुरा जल रहा है! दीनानाथ मास्टर की आर्त चीत्कार ही तो सुनाई दे रही है।

उसने रवि और भानू को खींचकर, अपनी मोटर साइकिल पर बिठा लिया, "चल, गाड़ी पर बैठ! डरपोक, बुज़दिल, कुत्ता कहीं का!"

"ध्यान... और दूसरे चार लोग..."

ध्यान लोग जीप में सवार थे। आग की लपटों में उनलोगों का दंभ और भयावह हो आया था। वे लोग अनजान-अपरिचित जंतु लग रहे थे।

हीरो पर निगाह पड़ते ही, ध्यान दहाड़ उठा, "चल, आज तेरा भी दाह-संस्कार कर दूं।"

हीरो के दिमाग़ में उस वक्त विशुनपुरा की आग धधक रही थी।

“अरे, ले! लो! खा, ध्यान, खा!”

एक भी गोली का निशाना नहीं चूका! भागते हुए आर्त, समस्त हरिजन, उसे देखकर भी, दौड़ते रहे! दौड़ते रहे!

हीरो हुंकार उठा, “जाओ, बांस ले आओ। घर की छाजन से तोड़ लाओ! आग फैल जाएगी।”

मर्द लोग दौड़ते हुए चले आए।

आर्त चीत्कार! नारी-आवाजों की गूंज!

“उसको बचाओ! बचाओ उसको! बिचारा अपाहिज... निकल नहीं पा रहा है।”

हीरो दौड़ पड़ा! उसने एक पंगु नौजवान को खींचकर बाहर निकाला। बांस चला-चलाकर छादन ढहाता रहा! अब, हरिजन भी बांस लेकर दौड़ पड़े। हीरो ने फूस की छाजन से खींचकर, एक अधेड़ को बाहर निकाला।

वह अधेड़ चीख उठा, “मेरी गैया...”

बिना कुछ सोचे-समझे, हीरो गोशाला की छाजन की तरफ दौड़ पड़ा। उसने गाय की रस्सी पकड़ी ही थी कि जलते हुए पत्ते की छाजन टूटकर नीचे आ गिरी और भागती हुई गाय की खुर की ठोकर से, वह चकरघिन्नी की तरह घूम गया।

कौन लोग थाने की तरफ दौड़ पड़े, हीरो को जानकारी नहीं थी। जब उसे होश आया, आग बुझ चुकी थी, उसे कुछ लोग घेरे हुए थे। वह उठकर बैठ गया और लोगों की तरफ निगाह दौड़ाने लगा। ये सभी लोग उसके दुश्मन थे।

“ध्यान लोग कहां...” उसने पूछा।

“उन लोगों को गोराइ निगल गई...”

“कितने लोग?”

एक अदद बूढ़े ने सिर हिलाते हुए, धुआं-धुआं बस्ती की तरफ देखकर, दूसरे लोगों को संबोधित किया, “गंगा महतो के खून का उधार, चुकता हो गया।”

अगले ही पल वह हीरो से मुखातिब हुआ, “पुलुस आई है।” अचानक उसकी जुबान में युगों संचित कड़वाहट आ समाई, “ऐसा पहली बार हुआ है! लालपुरा से पुलिस की दौड़, जौखाना आ पहुंची! काहे? जौखाना की आग बूझाने आई है! और कितने दफ़ा... कितने...?”

हीरो अपने घुटनों में सिर गड़ाये, बैठा रहा।

"काहे आए, बाबू? काहे?"

सिर उठाये बिना ही, हीरो ने सिर हिलाया और स्वगत् बुदबुदा उठा, "हम ही तो पासवान हैं न?"

उसने एक लंबी उसांस भरी और वह उठ खड़ा हुआ!

थाना-अफसर आगे बढ़ आया, "आग किसने लगाई?"

"नहीं जानता! देखा नहीं! गिरफ्तार करेंगे?"

"हैरत है! सड़क पर एक जीप..."

"ज़ख़्मी लोगों को अस्पताल भेजा?"

"भेज रहा हूं।"

हीरो ने हिदायत दी, "तुम लोग अस्पताल चले जाओ..."

"तुम्हारा भी हाथ तो..."

इस घटना के बाद, लालपुरा में, हीरो काफी मशहूर हो गया। यह घटना रहस्यमय तो भी ही।

ध्यान और उसके चारों साथी आखिर गए कहां?

किसने आग लगाई? क्यों?

विशुनबाबू, पत्रकारों को 'सत्य-कथा' बयान करने में व्यस्त रहे। औरत-मर्द-बच्चे आग में झुलस गए। सात लोगों की मौत! इकतीस घर आग में जलकर खाक़! संपत्ति और गाय-भैंसों का विनाश। फोटो खिंचवाने और समाचार बनने के लिए लाल बाबू भी आ पहुंचे। उन्होंने घोषणा की कि सभी लोगों को मुआवजा दिया जाएगा।

हीरो ने किसी को भी इंटरव्यू नहीं दिया।

उसने बेहद मज़बूत और दृढ़ आवाज़ में कहा, "मोटर साइकिल पर सैर-तफरीह कर रहा था। आग देखकर, दौड़ पड़ा! बस, इतना ही!"

उसके हाथ में बैंडेज! उंगलियों की पोरें भयंकर रूप से जली हुईं!

जब वह डैनी के पास पहुंचा, डैनी ने उसकी तारीफ की, "बहुत अच्छा काम किया तुमने।"

"मुझे यहां थोड़ दिन काम करने दें। वोट को लेकर अगर आप लोगों ने गड़बड़ नहीं किया, तो देखिएगा, कोई झमेला नहीं होगा।"

"मैं इस ज़िंदगी में, कभी खड़ा नहीं होऊंगा।"

"खैर, लालबा़बू या फिर नीचे, पीले, हरे बाबू... कोई न कोई बाबू तो खड़ा होगा ही।"

"लालबाबू ने यह कर डाला? यह ध्यान भी न... निरा ईडियट है! कुछ

हज़ार रुपयों और जीप के लोभ में फंस गया। वह जीप लालबाबू की है, तुम जानते थे?"

"हां, वही चलाता था। मैंने देखा है।"

"खैर, छोड़ो, गया तो गया, अच्छा हुआ! पांच-पांच लोग..."

"इनके सात लोग! अब, कुछ लोग पंगु हो जाएंगे, कुछ अनाथ! खैर, होते हैं, तो होने दो! आखिर है तो हरिजन ही न!"

डैनी ने भी लंबी उसांस फेंकते हुए कहा, "तुमने शायद भला ही किया। तुम्हारी अच्छी छवि बन गई है। लालबाबू को भी अब समझ लेना होगा कि पुराने तरीके से अब, काम नहीं चलेगा। ऐसे-ऐसे लोग की वजह से ही..."

"आदमी नक्सल बन जाता है?"

"यह भी तुमने खूब कही। अब देखो, अगर तुम वहां पैर जमा सको। लेकिन... आग की लपटें देखकर, तुमने उसमें छलांग कैसे लगाई?"

"मैंने उतना कुछ नहीं सोचा था।"

"विशुन बाबू की तो नाक कट गई। उन लोगों ने तो सारा दोष तुम पर मढ़ दिया था अब तो इस बात को लेकर, अखबार के दफ़्तर में जाकर, हरिजनों की सच्ची कथा लिखवा रहे हैं। उन लोगों को कुछ मदद भी दे रहा है?"

"क्यों? आप देंगे?"

"इसमें मुझे क्या फ़ायदा होगा?"

"अरे, ये सब इनवेस्टमेंट बहुत फ़ायदा देते हैं।"

"सोच देखूंगा। थाने की नाक भी कट गई। मैं तुम्हें बताऊं, लड़के, तुम कितने भाग्यशाली हो, जानते हो? अब तुम्हारी उंगलियों की छाप हरगिज मेल नहीं खाएंगी।"

"यह तो मैंने सोचा ही नहीं! यह तो बोनस है! खैर, आपका तो कोई नुकसान नहीं किया..."

"नहीं, मेरा नुकसान क्या करेंगे? अरे, पैसा फेंकते ही, और एक ध्यान मिल ही जाएगा और हीरो को निगलते हुए गले में तकलीफ होती है! अच्छा है! बहुत अच्छा है!"

"ऐक्शन पर जाऊं?"

"क्यों, इच्छा हो रही है?"

"पहले यह हाथ तो ठीक हो ले।"

"अर्जुन बाबू तुम्हें खोज रहे हैं?"

"लीडर लोग हैं। उन लोगों को भी क्या किराये के टट्टू की ज़रूरत होती है?"

"अरे, भई, बिहार में तो अहिंसा से राजनीति नहीं होती।"

"अच्छा, आज चलता हूं।"

रवि, भानू, माका, छगन, भूरालाल- हीरो के घर में काफी भीड़ जमा हो गई। हीरो के बाबत उन लोगों का मानसिक नज़रिया कुछ अजीब था। जब तक उन लोगों की यह जानकारी थी कि हीरो गंगा का खूनी है, उतने दिनों, उसे मन ही मन घृणा, वर्जनीय, निषेधयोग्य इंसानों के लिए निर्दिष्ट घेरे में भरे रखना, चलता था।

लेकिन अब मामला कुछ और है। उसे न तो फेंकते बनता है, न रखते! दोनों ही काम मुश्किल हैं।

"कुछ काम बना?" हीरो ने दरयाफ़्त किया।

"कैसे बनता? रुपए कोई नहीं देगा।"

"सुना है कि..."

भूरालाल ठहरा उम्रदार! धाकड़ इंसान! उन्नीस वर्ष में ऐसी घटना तीसरी बार हुई थी। किसी ने कुछ नहीं दिया! किसी ने देने का आश्वासन भी नहीं दिया। इस बार फर्क़ इतना है कि देने का आश्वासन ज़रूर दिया।

"अस्पताल में कितने लोग हैं?"

"ग्यारह लोग! हो सकता है, वे ठीक हो जाएं! विशुन बाबू का दामाद डॉक्टर है, बेटी भी डॉक्टर है वे लोग दवा-दारू देंगे।"

बैंडेज-बंधे हाथ से हीरो अपने बैग में कुछ टटोलने लगा। उसने वह लिफाफा निकालकर, भूरालाल को सौंप दिया।

"पांच हज़ार हैं! जो कर सकते हो, करो।"

कमरे में सन्नाटा उतर आया। उनकी तरफ पीठ किए, गोराइ नदी की छाती पर मेघों की छाया में, तैरती हुई नावों वगैरह, रोजमर्रा के दृश्यों पर निगाहें गड़ाये, हीरो ने कहा, "मेरे पास और रुपए नहीं हैं। वैसे तुम लोग भी लाठी पकड़ना सीखो।"

"पुलिस जो पकड़ ले जाएगी।"

"वह देखा जाएगा! अभी तो मैं यहां हूं... देख लूंगा। तुमलोगों पर गुस्सा क्या राजनीति की वजह से है? या इसलिए कि तुम लोग हरिजन हो?"

"हरिजन हूं, इसीलिए तो उन लोगों को वोट नहीं देता! तुम तो कांग्रेस के हो न?"

हीरो ने इंकार में सिर हिलाया। ना वह कांग्रेसी है, कम्युनिस्ट भी नहीं है।

"मैं किसी तरह की राजनीति नहीं करता, भूरालाल जी।"

"जब गंगा जिंदा था, तब भरोसा था।"

"गंगा नहीं हो, तो अपना भरोसा खुद बन जाएं। कौन, किसे भरोसा देकर बचा सकता है? बांस के गोले किसके हैं? उसका नाम...इस वक्त भूल रहा हूं मैं।"

"जौविनी के इकराम आबिद का! लालबाबू का बेहद प्यारा!"

"उससे कहना, मैंने कहा है कि तुम लोगों को कुछ बांस दे दे!"

"यह तुम मुझ पर छोड़ दो! हम सभी रोजगार करते हैं, मेहनत करके खाते हैं। हो जाएगा...हो जाएगा।"

"मुझे जो कहना था, कह दिया। तुम लोग जो बेहतर समझो, करो!"

डैनी ने हीरो को बाधा नहीं दिया। लेकिन उसी दिन से उसने हीरो को पहचान लिया।

हीरो ने रुपए मांगे थे और अपने लिए कोई विश्वासी अनुचर!

अब ध्यान नहीं रहा! जौखाना से मउबनी तक सम्हालेगा कौन?

रवि, भानू, माका, छगन—ऐसे आठ-दस छोकरे, शुरू-शुरू में नए-नए रंगरूट थे।

"तुम इन सबको लेकर नया दल बनाओगे?"

"जात-पांत का नज़रिया भूल जाएं। आपको क्या? आप तो सिर्फ रुपए चाहते हैं। रही मेरी लॉयल्टी...मेरी इमानदारी, वह तो आपको मिलेगा ही! अगर हर वक्त ऊंची जात लेकर मार-कुटाई करेंगे, तो वे लोग कलकत्ता भाग जाएंगे।"

"मैं लालबाबू की राजनीति नहीं करता। कलकत्ता से मेरा भी गहरा रिश्ता है और...तुम अपनी राह चलो, हीरो!"

"मैं आपकी ही बात सुनूंगा, लालबाबू की नहीं! या यह कहूं कि लालबाबू की बात भी आपकी ही जुबानी सुनूंगा। मेरी पहली और आखिरी लॉयल्टी... ईमानदारी आपके प्रति है।"

"मेरे प्रति?"

हीरो की आवाज बदल गई, "क्यों? आप क्या सोचते हैं, मैं इमानदार नहीं हो सकता?"

"मैं तो तुम्हारे साथ सच्चाई नहीं बरतता।"

"एक बार जो किया, मेरा अनुरोध है कि वह दुबारा न दोहराएं! मैं सिर्फ रुपयों के लिए इस लाइन में आया हूं। खैर, छोडिए! लालबाबू से कहें, उन्होंने अभी तक, चुनाव-सेवा के पैसे नहीं दिए। मुझे मउबनी के बिल का भुगतान -चाहिए।"

बहरहाल मउबनी के बिल के पैसे उसे मिल गए। जौखाना-हातूरा-मउबनी के लोगों के जरिए मत्स्य-खेती-योजना शुरू की गई। सरकारी मत्स्य विभाग का सहयोग भी मिल गया! लालबाबू इसका दाम भी चुका रहे थे। इसके बाद, हीरो उस इलाके का नायक बन गया। हां, वही मालिक था! उसके रुपए, लोभ के रुपए थे। लेकिन मछली के मेहनतकशों के घर में रुपए आने लगे।

लालबाबू ने डैनी से कहा, "यह आपने किस ख़तरे में डाल दिया?"

"देखिए, सोच-समझकर बात करें। आपके लोग वह सब काम हरगिज नहीं कर सकते, जो उसने और एक बात! आप अपने मस्तानों के साथ, उसके लोगों में, जात-पांत का झगड़ा मत खड़ा कर दीजिएगा।"

बहुत जल्दी ही लालपुरा के अलावा, जौखाना, मउबनी और हातूरा में ज़मीन खरीदकर, हीरो ने घर बनवाया! अपना रुपया इन्वेस्ट किया। घर छोटा, कंपाउंड बड़ा और चारदीवारी से घिरा हुआ! वहां उसका बी.डी. ऑफिस! मत्स्य ऑफिस! उन दफ़्तरों में स्थानीय लोगों को बिठा दिया। उसने लालबाबू से ही अपने हर कार्यालय का उद्घाटन कराया।

अपना अगला चरण उसे याद था।

इससे पहले ही लालबाबू ने कहा, "विशुन बाबू को अब... उखाड़ फेंकना ज़रूरी है।"

"क्यों? अब नया क्या हो गया?"

"गंगा महतो के बारे में खार भंजा रहा है। अब मैं एम.एल.ए. हूं! भविष्य में मंत्री बन जाऊंगा। देखो, यशवंत मेरा पुराना आदमी है। उसकी एक हवेली है, तुम जानते हो?"

हीरो ने कोई जवाब नहीं दिया "अभी...वहां...?

"अब वह चकला बन गया है और दारू तथा जुए का 'डेन' बन चुका है।"

"विशुन बाबू के कहने पर, अखबारों में लिखा गया है कि उस 'रेड लाइट' एरिया का मालिक मैं हूं।"

"आप ये सारे काम छोड़ दें, सर! मैं आपकी छवि उजली कर रहा हूं, लोग-बाग आपकी तारीफें करने लगे हैं कि आप ही एकमात्र ऐसे व्यक्ति हैं,

जो दरिद्रता दूर करने के अभियान पर उतरे हैं। हरिजन-मुस्लिम इलाके में... गरीबी दूर करने की कोशिश कर रहे हैं। इस संदर्भ में आपका नाम भी दिल्ली भेज दिया गया है।"

"खैर, यह जानकारी तो प्रसाद तिवारी ने भी दी है। लेकिन, हीरो, यशवंत तो बहुत ज़्यादा भड़का हुआ है। विशुन बाबू के रहते, मेरी जान का कोई भरोसा नहीं है। दिल्ली में उसकी लाइन है! हां, तुमने उसे बेहद तगड़ी चोट दी है। हरिजन और मुस्लिम इलाका, अब उसके हाथ में नहीं रहा! फिर भी..."

"आप क्या करना चाहते हैं?"

"डैनी बाबू ही बताएंगे।"

डैनी ने कहा, "बिशुन बाबू को बिछा दो! उसके बाद, यशवंत की... वर्ना सब गड़बड़ा जाएगा।"

"लालबाबू तो निर्बोध हैं! विशुन बाबू को लहास बना दिया, तो इसका धक्का बहुत देर तक पहुंचेगा। कांग्रेस एम.पी.लीग, इंदिरा जी के करीबी लोग हैं।"

"देखूं, ज़रा सोच लूं! तुम यशवंत की हवेली चाहते हो"

"मैं उसका कारोबार नहीं करूंगा।"

"कुछ न कुछ ऐक्शन तो करना ही होगा। विशुन बाबू की जान से प्यारी बेटी और दामाद... रुको, सोचता हूं।"

"बेटी-दामाद को मारेंगे?"

"विशुन बाबू को चोट देना ज़रूरी है।"

"इसलिए क्या...?"

"रुको, सोचने दो!"

उसी दिन इंश्योरेंस का शुभ मुहूर्त हुआ, जब डैनी और लालबाबू से उसकी जो बात हुई, वह सब लिखकर, लिफाफे में बंद कर दिया गया। उस पर तारीख अंकित करके, वह बैंक चला गया।

अब वह बैंक का सम्मानित और दुलारा ग्राहक बन चुका था। दीनानाथ के नाम एकाउंट! बैंक लॉकर में घर और कारोबार की दलील! रुपए! उसने वह लिफाफा भी उसी लॉकर में सहेजकर रख दिया। इन सबका वारीस, उसने रेवती को बनाया था, लेकिन ऐसा उसने काफी बाद में किया। पटना के एडवोकेट चौहान ने ही उसे यह मशविरा दिया था। यही सब उसका इंश्योरेंस था। मालिकों के खिलाफ उसका जुबानबंदी! हालांकि अब यह बात उसकी

समझ में आ गई थी कि उसके न होने पर, इन कागज़ों के बलबूते, उसके बॉस लोगों को सजा का हुक्म सुनाया जाएगा, यह उसकी सरासर ग़लतफहमी है। इस देश में किसी समाजविरोधी बंदे की साक्षी पर, राजनीतिक नेताओं को सज़ा सुनाई जाए, ऐसा नहीं होता। ऐसा तो अंग्रेजी पेपर-बैक किताबों और विदेशी फ़िल्मों में ही हो सकता है।

इसके बाद, हीरो, भूरालाल के जौखाना चला गया। भूरालाल बेहद विश्वासपात्र था।

नितांत गोपन में वह अक्सर ही कहा करता था, "पासवान को पासवान नहीं देखेगा, तो और कौन देखेगा?" इससे भी बड़ी बात यह थी कि भूरालाल जुबान का हल्का नहीं था। वह किसी से डरता नहीं था। वह हमेशा ही सबसे यही कहा करता था–"जुबान संभालकर! एक भी बात जुबान से निकली नहीं कि आग धधक उठेगी।"

उसकी बीवी की शिकायत थी कि उनकी तीस साल की शादीशुदा जिन्दगी में, भूरालाल ने धनुआ की मां से, तीस दिनों भी कभी गपशप नहीं की।

वे दोनों मउबनी झील की जलराशि, सरकंडों के जंगल, मछलीरांगा, मछली-पहरे की चौकी देखने गए।

हीरो ने उससे कहा, "विशुन बाबू को ख़बर कर दो कि उसकी बेटी-दामाद को जान का खतरा है। मैं नहीं, कोई और उन दोनों को मारेगा।"

भूरालाल ने लम्बी उसांस भरी।

"बहोत गालियां सुनाएगा–फिर मैं बता दूंगा।"

"देखना, इस बात की किसी को कानोंकान खबर न हो। अगर किसी को पता चल गया, तो मेरी जान का ख़तरा है।"

विशुन बाबू ने भूरालाल की एक नहीं सुनी। कम्युनिस्ट कभी भी चूहे के डर से पीठ फेरकर, अपना कार्यक्षेत्र त्याग नहीं करता। चुनाव में जय-पराजय तो लगी ही रहती है। इसके बावजूद, विजेता और विजित, सभा-मीटिंग, पब्लिक फंक्शन में एक साथ हिस्सा लेते हैं; स्वतन्त्रता-दिवस पर भाषण देते हैं। भूरालाल जैसे लोग आदर्श और चरित्रभ्रष्ट होते हैं। विशुन बाबू उसकी बात नहीं सुनेगा।

डैनी ऑपरेशन–विशुन बाबू नामक इस गड़बड़ मामले में, हीरो को

कुछ बताये बिना ही, अचानक लालपुरा त्याग करके, रेवती के साथ, किसी अर्जेंट काम.से बटपुरा चला गया।

उसने हीरो से कहा, "सुनो, मडबनी मैं ही बैठ रहो! लालपुरा में हरगिज कदम मत रखना।"

जाने कौन! या कौन लोगों ने बाहर-बाहर से बम बरसाकर, विशुन बाबू की बेटी-दामाद को मार डाला। विशुन बाबू भी बेतरह ज़ख़्मी हो गए और अस्पताल जाकर, उन्होंने दम तोड़ दिया।

बड़ा हीरो! बड़ी-सी शोक-सभा! भारत के चंद अख़बारों में, लगातार दो दिनों तक ख़बरें छपती रहीं—'लालपुरा, बिहार की राजनीति माफिया नियंत्रित' और 'लालबाबू के चकले और नाजायज़ दारू-कम-जुएबाज़ी" पर पर्याप्त प्रकाश डाला गया।

लालबाबू ने मुख्यमंत्री से कहा, "सर, मेरा भविष्य, ख़तरे में है।"

मुख्यमंत्री ने कहा, "ईडियट! उल्लू का पट्ठा! वर्तमान ही तुम्हारा गीत है, वर्तमान काल न हो, तो भविष्य काल होता है कहीं? गो बैक... जाओ। लौट जाओ, लालपुरा!"

लालपुरा में भयावह सन्नाटा छाया हुआ था। तीन लाशों को लेकर, विराट जुलूस निकाला गया। जौखाना, हातूरा, मउबनी के हरिजन लोगों ने अपने-अपने बीड़ी मजदूर और खेत मजदूर यूनियन के पहले प्रेसिडेंट के लिए शोक-सभाएं कीं।

मंच पर आसीन डैनी ने लालबाबू से कहा, "जुलूस-सभाएं क्यों न करें? यह तो राज़नीति है।"

"वोट सारे घूम जाएंगे।"

"वह आदमी पिट रहा था, उसके पैरों तले की माटी खिसक रही थी...। आपने जो किया... खैर, चलिए, अब कांग्रेस की तरफ से शोक-सभा बुलाइए।"

ऐसे घुमावदार अंधेरे में यशवंत, अर्जुन और मालखा, अपनी मर्जी-मुताबिक, धूम मचाकर, मौज-मज़ा नहीं कर पाये, क्योंकि पुलिस उनकी तलाश में थी। वे लोग हवेली के आदिम अंधेरे में समा गए। जाने क्यों तो पुलिस ने वहीं तलाशी नहीं ली! कुछ दिन गुज़र जाने के बाद, लालबाबू ने उन लोगों को शहर छोड़ देने की हिदायत दी—अभी ही चले जाओ, हवा गर्म है।

उस दिन वे लोग जो निकले, कभी, किसी ठिकाने पर नहीं पहुंच पाए।

रास्ते में पेड़ गिरा हुआ था। जीप रोकनी पड़ी।

हीरो ने हुक्म दिया, "चलो, एक्शन में जुट जाओ।"

भानू का हाथ कांप उठा, "वह है कहां?"

"यह रहा..."

यशवंत, अर्जुन और मालखा गोलियों की बरसात से धज्जी-धज्जी हो गए।

हीरो ने हिदायत दी, "रहने दो, पेड़ भी यहीं पड़ा रहे! लाश भी यहीं रहे, पुलिस हटाएगी या फिर पब्लिक देखे।"

इसके बाद, लालपुरा की राजनीति में हीरो की अमोध भूमिका प्रतिष्ठित होने में देर नहीं लगी। यह एक्शन, उसके 'हीरो' नाम से जोड़ा गया। कई सौ लोगों ने साक्षी दी कि हीरो मउबनी में ही मौजूद था। उन लोगों के साथ मीटिंग कर रहा था।

लालबाबू ने डैनी से कहा, "इस बार हीरो वोट में खड़ा होगा।"

"वह खड़ा नहीं होगा। वह मूर्ख नहीं है।"

"हवेली कौन चलाएगा?"

"क्यों? चमेली है न? आपने उसे ही तो मैडम बनाया है! उसे ही चलाने दें। आप तो वहां बैठेंगे नहीं।"

"ना..."

"छवि सुधारिए! छवि सुधारिए! आप यहां रहते हैं, इसीलिए पार पा गए। आस-पास नक्सल नहीं है, वर्ना..."

"मुझे सिर्फ वोट की फिक्र है! यशवंत वगैरह मेरे अपने ही आदमी..."

"तो फिर, आप उसकी मौत की जांच क्यों कराना चाहते हैं? विशुन बाबू ने गंगा के क़त्ल की जांच की मांग की थी, आपने उसे मार डाला। विशुन बाबू पुराने कम्युनिस्ट नेता थे! छोटा नेता ही सही, मगर नेता तो थे। यशवंत तो निरा जानवर था...! हां, हमें जानवर की ही ज़रूरत होती है। लेकिन, हीरो ठीक यशवंत या ध्यान नहीं है! यह आप समझ लें।

"आप क्या... ?"

"देखिए, मेरा-आपका कारोबारी संबंध है! मैंने लालपुरा में और उसके आस-पास की ज़मीनें वसूल की हैं। उन ज़मीनों को डेवलप करूंगा, वहां हाउसिंग बनाऊंगा। जिस बंदे ने यशवंत को मारा है, उसने आपका उपकार ही किया है"

"हीरो क्या यह चाहेगा?"

"पता नहीं! लेकिन जौखाना वाला मामला... बुद्धिमानी का काम है! अब नए-नए छोकरे आ रहे हैं! सब उस कमबख़्त के छोकरे बन जाएंगे -"

"वे सब तो उसके बंदे हैं।"

"होने दो न! कुछेक माल तैयार होने दो! उन लोगों को बंगाल बॉर्डर के बटपुरा में चलान कर दूंगा। इस लाइन में बुढ़ापे की उम्र तक भला कौन ज़िंदा रहता है? हीरो भी ज़िंदा नहीं रहेगा। देखिए, वह क्या चाहता है?"

हीरो ने लालपुरा से बाहर, ज़्यादा नहीं, दो बीघा ज़मीन की मांग की थी।

"क्या करोगे? आम बागान बनाओगे?"

"नहीं, सर, अभी बस, मिल जाए, बाद में जो करना होगा, करूंगा।"

लालबाबू ने कहा, "अब शादी-ब्याह कर डालो, घर बसाओ! यह तो अच्छी बात है।"

"नहीं, सर, बीवी-बच्चों के बारे में, फिलहाल मैं नहीं सोचता।"

"हवेली चाहिए?"

"नहीं, सर, वह सब मुझसे नहीं होगा। आप मुझसे ऐक्शन करने को कहें, मैं करूंगा। इधर बहुत दिनों से आपने एक्शन करने को नहीं कहा।"

ध्यान और उसके साथियों, यशवंत वगैरह के खूनी हीरो के लिए इतनी सारी नर-हत्याएं, भला कोई ऐक्शन होता है?

"हां, हां, बताऊंगा।"

लालबाबू ने उसी वक्त से भाड़े के टट्टू की तलाश शुरू कर दी।

प्रसाद तिवारी, राजनीति में नया-नया दाखिल हुआ था। लालबाबू मुकाबले के डर से भयभीत! प्रसाद किसी मंत्री का आत्मीय था। सुनने में आया कि विशुन बाबू की खाली जगह भरने के लिए, विशाल गुप्ता आने वाला था! वह विशुन बाबू का भतीजा था।

लालबाबू ने कहा, "ऐसा करो, तुम कांग्रेस के मेंबर बन जाओ।"

"माफ कीजिएगा, मैं राजनीति से दूर ही रहूंगा। मुझे आप लोग लाए हैं, मैं आप लोगों को सर्विस दिए जाऊंगा।"

अच्छा चल रहा था; अच्छा-ख़ासा चल रहा था। दो साल में कम-से-कम दस बार, विशाल गुप्ता और उसके लोग पुलिस के पास गए और विशुन बाबू और उनकी बेटी-दामाद की पैशाचिक हत्या के लिए, हीरो को गिरफ़्तार करने के लिए ज़िद की।

लेकिन, लालपुरा सदर थाने के अफसर, सर्कल अफसर या जिला सुपर ने कहा कि वे लोग अक्षम हैं। हीरो को गिरफ़्तार करना, उनके वश में नहीं है। हीरो को किसी भी क़त्ल-खून से जोड़ा नहीं जा सकता, क्योंकि इस शहर में

और उसके आस-पास, कई-कई खून हुए हैं। विशुन बाबू के मामले में हीरो ने दल-बल समेत, रात के शो में 'महबूबा' फिल्म देखी थी। गंगा महतो के खून के मामले में ध्यान ही प्रमुख संदेहास्पद व्यक्ति था। पुलिस का घेरा कसता जा रहा है, यह अंदेशा होते ही, उसने और कई अन्य समाज-दुश्मनों ने जौखाना में आग लगा दिया और वे सब लापता हो गए। पुलिस को जब तक इसका कोई प्रमाण न मिले, वह सरगर्म नहीं हो सकती।

अर्जुन मालाकार अब काफी बूढ़े हो चले थे। हालांकि उन्होंने अपनी चाल आज भी धीमी नहीं की।

उन्होंने विशाल से कहा, "कांग्रेस नेता और उनकी पार्टी उसके पक्षधर हैं। उन लोगों ने उसे पनाह दी है। इसके अलावा, मेरा ख्याल है, तुम्हारा जन-संपर्क काफी नहीं है।"

"क्यों? क्यों?"

"अब पब्लिक तो खुलकर बोलेगी नहीं, लेकिन मैने जो सुना है उसके मुताबिक मेरा ख्याल है कि यशवंत ने तुम्हारे काका का खून किया और यशवंत तथा उसके साथियों को हीरो ने मारा।"

"वह क्यों मारेगा? वे लोग एक ही डाल के पंछी हैं। जब दोनों एक ही व्यक्ति के हाथ से दाना चुगते हैं, तो... ?"

"देखो, सभी "क्यों" का जवाब भला कौन जानता है? हीरो, जौखाना-हातूरा-मउबनी इलाके में आग बुझाने क्यों गया? उन लोगों की मदद क्यों की?"

"वह हमारा पुराना इलाका है।"

"देखो! अब, खुद ही समझो! अब तो सभी पार्टियों में सैकड़ों दल होते हैं! इस ज़माने की हमें समझ नहीं है।"

हमारा टीचर यूनियन, पैड्लर यूनियन अभी भी मौजूद है।

"देखो!...काम करो..."

चार

अर्जुन मालाकार जौखाना गए हुए थे! भूरा लाल को डांटते-झपटते हुए, उन्होंने जो सुना, बेहद ताज्जुब में पड़ गए।

भूरा लाल ने बताया, "विशुन बाबू तो अपने ही गुनाह की वजह से मारा गया। हीरो को क्या हमने बुलाया था? आप लोगों ने अपनी समझ के मुताबिक विचार किया और राय दे डाली। हमारा दुःख तो बुझ गया।"

उसने आग लगने की घटना भी बयान कर दी। उसके बाद, घर बनाने के लिए रुपए देना, मउबनी झील में मछली-पालन!—उसने सारी कहानी बताई। अंत में, उसी ने बताया कि बाज़ार में जब किसी विश्वासी बंदे ने बताया कि लालबाबू, विशुन बाबू का खून करेगा, उसने खुद जाकर उन्हें सावधान कर दिया था। विशुन बाबू ने उसकी बातों पर विश्वास नहीं किया। जो-सो सुनाकर, उसे निकाल बाहर किया। उसके बाद, वह हादसा हो गया। भूरा लाल को इससे आगे, कुछ भी नहीं कहना था।

"आप लोग गंगा के खून का मामला लिए-दिए गवरमिंट के पास दौड़ गए। लेकिन, हमने फैसला किया था कि हम हीरो को मार डालेंगे। लेकिन, मार नहीं पाया। इससे पहले, हमें बचाने के लिए, कौन आग में छलांग लगाता था, बताइए?"

अर्जुन ने सिर हिलाया, "वे लोग बड़े-बड़े लेबल मार देते हैं; उन्हें मना कर देते हैं और खुद आदर्शवती बने रहते हैं। यह क्या सही है?"

उन्होंने विशाल से कहा, "काम करो! काम करो! काम के जरिए उन लोगों को जीत लो! उन लोगों के लिए कोई आर्थिक कार्यसूची तैयार करने की बात नहीं सोची गई। मैं तो सिर्फ यह बताता रहा कि सरकार क्या-क्या नहीं कर रही है..."

इस हीरो की हीरोगीरी बंद करना होगी।

"अगर ऐसा कर सको, तो बेहतर!"

"आग देखकर वह स्थिर नहीं रह पाया। अग्निकांड में जिन लोगों ने

सबकुछ खो दिया, उन लोगों की जिम्मेदारी झटककर, वह चला नहीं गया। मैंने भूरा लाल से कहा था। उसने जवाब दिया कि यह लाइन छोड़कर, अगर राजनीति में हम सिर्फ झंडा लेकर जुलूस-मीटिंग करते रहें, मार खाते रहें, तो राजनीति न ही करें तो भला है। जात-पांत के मामले में बार-बार ढेला खाते हैं। इससे बचा नहीं जा सकता। उसने फुसफुसाकर कहा था—वह पासवान है, लेकिन यह बात कोई नहीं जानता।''

वैसे हीरो ने खुद भेंट करके, उसे मुश्किल में नहीं डाला। वह कांग्रेस का होकर, मंच पर दाखिल हुआ, लेकिन, कांग्रेस की मीटिंग-जुलूस में वह नज़र नहीं आया। यशवंत की खाली जगह भरने के लिए, लालबाबू पटना से एक-एक करके, सबूज, चन्नो, बलराम, राजू और ताना को ले आया। लालपुरा में उन लोगों को मेहनत करके खाना-पीना था, इसलिए उन लोगों को हवेली नहीं दी जा सकती थी। हवेली इन दिनों मैडम की थी। लेकिन दारू का लाइसेंस, नया होटल और थोड़ी-सी ठेकेदारी की मिल्कियत हाथ में रखकर, उन लोगों को हिस्सा दिया जा सकता था।

डैनी ने पूछा, ''उन लोगों के साथ काम करने में तुम्हें एतराज है?''

''अलबत् है! वे लोग अपने एरिया में रहें, मैं अपनी शांति नष्ट नहीं करना चाहता।''

कुछ दिन शांति से गुज़र गए! सबकुछ शांति से चलता रहा, लेकिन अचानक इमरजेंसी की घोषणा हो गई। प्रेस की जुबान बंद! धर-पकड़ शुरू हो गई। हीरो ने अपने लोगों को इसकी ख़बर दी—खूब होशियार रहना! बहुत काला दिन आने वाला है''

उन्हीं दिनों डैनी कलकत्ता से बाबुल को ले आया। सुनने में आया कि कलकत्ता अब, उसके लिए सुरक्षित नहीं रहा। फिलहाल उसे सुरक्षा की ज़रूरत थी; आश्रय की ज़रूरत थी।

''वह राजनीति करता था?''

''नहीं, नक्सलों को मारता था। पुलिस का प्रिय है! चक्कू-मास्टर है! खैर, छुरा भी बुरा नहीं, साइलेंट किलर! खामोश ख़ूनी! लेकिन अब सभी लोग उसकी तलाश में थे। वह बेतरह 'रेकलेस' हो गया था! कंट्रोल से बाहर!''

''अच्छा है! आपने अगर उसे ज़रूरी समझा है, तो ज़रूर वह भला ही होगा।''

''उसकी तो इच्छा है, वह तुम्हारे साथ रहे।''

"मैं ठीक ही हूं...!"

"आजकल तो बंटपुरा डेवलप कर रहा है।"

"सब बिल्कुल टिपटॉप! भूरा लाल का बेटा, गैरेज का इंचार्ज है। मैकेनिक है! रवि ढाबा देखता है।"

"वहां छह लड़के रहते हैं, सबके सब मेरे हाथों तैयार किए गए हैं।"

"बाबू लोगों की इच्छा है, मउबनी की झील में, वह हिस्सा ख़रीद ले। मैंने कह दिया है, यह हीरो का मामला है।"

"वहां तो आउटसाइडर का घुसना मुश्किल है! सारा कुछ उन्हीं के हाथ में है।"

"वे लोग रख सकेंगे?"

"भई, करीब सौ लड़कों को डेवलप कर दिया है उसने।"

"हथियार भी दिए हैं?"

"थोड़े-बहुत!"

"बाबुल चक्कूबाज़ी सिखा सकता है।"

"ज़रूरत पड़ी तो ज़रूर सिखा सकता है।"

"ज़रूरत पड़ी तो ज़रूर बताऊंगा।"

आज लगता है, बाबुल शायद डैनी को मारने के लिए ही, इस लाइन में दाखिल हुआ था, वर्ना वह बार-बार जौखाना का चक्कर क्यों लगाता? वह रवि की बहन कांता को क्यों पटाता? उससे क्यों कहता कि मैं तुमसे शादी बनाऊंगा? कांता भी भला उसका विश्वास क्यों करती?

अच्छा, डैनी ने उसे क्यों नहीं बताया कि बाबुल, औरत के बिना नहीं रह सकता? हवेली की मैडम ने एक के बाद एक, दो औरतों की शिकायत पर, उसे निकाल बाहर किया।

बेहद स्याह चेहरा लिए चमेली ने शिकायत की, "उन लोगों के नए ग्राहक ने मेरी लड़कियों की इतनी पिटाई की, इतनी ज़्यादा पिटाई की कि वे दोनों काफी दिनों के लिए बेकार हो गई हैं। चमेली बाई के बदन पर जानवर का नहीं, इंसान का चमड़ा है! अब वह उन लड़कियों को फेंक तो नहीं सकतीं। दवा-दारू, इलाज, अच्छा-अच्छा खाना—सभी कुछ कर रही हूं। लेकिन खबरदार, वह बाबू मेरे यहां अब कभी न आए। सभी लड़कियों ने बगावत कर दी है। अगर अब वह मेरे यहां आया, तो वे लोग काम छोड़-छाड़कर, सड़क पर निकल पड़ेंगी और हीरो के पास चली जाएंगी।"

"क्यों? क्यों? उसके पास क्यों?"

"सभी लोग कहते हैं, अगर कोई उसके पास चला जाए और रो पड़े, तो वह मुसीबत में पड़ी औरत को खदेड़ नहीं देता, उसकी मदद करता है।"

"लेकिन, चमेली, यह तो बताओ, नए बाबू ने ऐसा क्या कर दिया कि रंडियां इतना घबरा गईं?"

"क्या बताऊं, बाबू, ऐसी पिटाई तुमने देखी नहीं होगी।"

"क्यों, उन लड़कियों ने कोई बदतमीजी की थी?"

"मेरी लड़कियां बदतमीजी नहीं करतीं, बाबू! इस बाबू ने ऐसा बर्ताव क्यों किया, तुम सोच भी नहीं सकते। उसने लड़कियों से कहा... औरत की पिटाई किए बिना, उसकी मर्दानगी नहीं जागती।"

लालबाबू ने डैनी को फोन किया।

डैनी ने कहा, "मैं देखता हूं। बस, यह बात हीरो को न बताएं। देखिए, हीरो अब एक पावर...एक शक्ति बन चुका है। उसको काउंटर करने के लिए ही मैं बबलू को लाया हूं हीरो ने अगर उसकी लहास बिछा दी, तो मेरा प्लान चौपट हो जाएगा।"

"समझ गया।"

लालबाबू ने चमेली से कहा, "नया बाबू अब नहीं आएगा। लो, ये रुपए रख लो, उनका इलाज कराओ, उन्हें अच्छा खाना दो! इसीलिए, मैं समझ सकता हूं कि तुम्हारे यहां किसी का होना ज़रूरी है। पहले यशवंत था..."

"वह भी बड़ी-बड़ी कीर्ति करता था, बाबू लेकिन, अब वह मर चुका है, उस बारे में बात करने से कोई फ़ायदा नहीं। ओ, रंडी को भला कौन बचा सकता है, बाबू? रंडी क्या जिंदा रहने के लिए आती है?"

हीरो को इन सबकी कोई ख़बर नहीं थी।

अगर कांता लापता न हुई होती। तो उसके कान नहीं खड़े होते। कांता रवि की बहन थी। शैशव में ही उसकी शादी हो गई। लेकिन गौने के समय पता चला, वह एक और बीवी ले आया है! इसके बाद भी कांता वहीं रही। लेकिन दो साल बाद, उसके पति और सौत ने उसे खदेड़ दिया। अगर उसे नई साइकिल मिल जाए, तभी उसका पति, उसे कबूल करेगा, वर्ना नहीं! तभी से कांता यहीं रहने लगी। विवाह के लिए, वह पागल हो उठी थी। बाइस साल की उम्र में ही उसे लगने लगा था कि उसकी ज़िंदगी रेगिस्तान बन गई है। लालपुरा टाउन, सिनेमा, बिजली-बत्ती, चोंगा पैंट + कानों पर जुल्फी + रात में भी धूप का चश्माधारी जवान-जहान मर्द, उसकी अनंत

कमज़ोरी थी। रवि अक्सर कहा करता था-"गांव-गिराम में उसका विवाह किया गया, तो उसका दिल नहीं जमेगा। उसके लिए कोई ऐसा लड़का खोजना होगा, जो टाउन में काम करता हो। हमें वैसा ही लड़का खोजना होगा।"

वही कांता किसी शाम, अचानक गायब हो गई।

जाने किसने तो बताया, "बड़ी शानदान मोटर सायकिल पर सवार होकर, एक छोकरा आया, कांता को उठाया और बस! गोराई बिरिज पार करके, वे दोनों सैर करने चले गए।"

यह ख़बर, हीरो के कानों तक, रात करीब नौ बजे पहुंची।

बरजू और भानू ने उसे आवाज़ देकर बुलाया, "नीचे आओ, एक ख़बर है..."

"क्या हुआ है?"

"तुम्हारे गए बिना, काम नहीं चलेगा।"

उसके बाद, गोराई ब्रिज पर उड़ान भरते हुए। ब्रिज के उस पार, डैनी का "वेलकम" होटल! बहुत बड़ी ज़मीन पर, सर उठाए हुए होटल! होटल-साइट पर भीड़!

ओवरसियर रामबिरीज उसे देखकर, वह उठकर करीब चला आया।

"उन लोगों को सम्हालिए, दद्दा!"

हीरो आगे बढ़ आया। इतने लोगों की भीड़, किसे घेरे हुए है?

"एक टॉर्च...!"

"टॉर्च मत जलाना!"

यह रवि की आवाज़ थी!

"पहले अपनी बहन को ढंक दूं! हां, अब टॉर्च जला दो।" यह भी रवि की आवाज़ थी!

एक साथ, कई-कई टॉर्च जल उठे।

तीन-तीन फ्रेम! विच्छिन्न! एक-दूसरे में गड्डमड! खून से लथपथ कांता! चाबुकों की मार से, खून में डूबी कांता की निश्चल देह! सिर अस्वाभाविक तौर पर एक ओर झुका हुआ!

एक अदद अधेड़ कुली के कंधे पर छुरी की बाट गुंथी हुई! कई एक कुली, ज़मीन पर बाबुल को कसकर पकड़े हुए!

"क्या हुआ है?"

जख़्मी कुली ने कहा, "यह बाबू लड़की को लेकर आया! लड़की

ज़ोर-ज़ोर से चीखती रही...यह बाबू उसे चाबुक से पीट रहा था...बेभाव पीटता रहा। मैने ही बांस मारकर, बाबू को अलग किया! इस बाबू ने छुरी चला दी...और लड़की को उछालकर फेंक दिया। कुली लोग दौड़कर आए...और इसे दबोच लिया। यह लड़की तो जौखाना की थी...मेरा घर मउबनी के नजदीक है। मैंने कहा, "रवि को बुला भेजो।"

बाबुल की आंखों में सांप जैसी हरकत!

उसने हुंकारते हुए, गालियों की बरसात कर डाली और नफ़रत उगलते हुए कहा, "मेरा बायां कंधा "डिस्लोकेट" कर दिया है! खिसका दिया है।"

"उसे बांध! सूअर की तरह कसकर बांध दे। क्यों, जी, रामबिरिज, आजकल क्या साइट भी किराये पर उठा रहे हो?"

"राम कसम, हीरो बाबू, कभी नहीं! अगर् ऐसा होता, तो उसे छोड़ ही देता! छिः छिः मालिक का आदमी होकर..."

"जीप है?"

"ना, जी!"

"बरजू, जा जीप ले आ। रवि कांता को लेकर और इसे... क्या नाम है तुम्हारा?"

"गणेशी सहीदास। कांता और गणेशी को लेकर मैं अस्पताल और उसके बाद थाने जा रहा हूं। तू इस बाबू का इंतज़ाम कर! लेकिन, इसे यहीं रख जा, लाश, पुलिस आएगी।"

"डैनी बाबू को अगर पता चला..." बाबुल ने कहा।

"सुन, इसके मुंह में बालू ढांस दे। सुनो, ओवरसियर, पुलिस को ख़बर न हो! रवि, भानू, बरजू—सब निपटाकर, हम बटपुरा चलेंगे।"

"हमारा इलाका तो नहीं जलाया जाएगा?"

"ना! इस बार अगर इलाका जला, तो टाउन भी जलेगा।"

वहां से सीधे डैनी के घर!

"देख लीजिए। ये है, कांता पासवान! आपके "वेलकम" साइट पर, बाबुल की मोटर साइकिल पड़ी है। यह वहां का कुली है! छुरा तो आप पहचानते ही हैं..."

"ओह गॉड, बाबुल कहां है?"

"पता नहीं! सुनने में आया कि लड़कियां उठाकर, उन्हें पीट-पीटकर, उनको जान से मार डालता था, आपका यह कोहिनूर हीरा! टॉप लेवल का भाड़े का टट्टू!"

“अब जा कहां रहे हो?”

“थाने, अस्पताल! चाहें, तो आप भी चल सकते हैं! ओह गॉड! एक पूरा इलाका, कई हज्जार लोग, आपके हाथ में सौंप दिया। कहां का बाबुल! उस एक अदद शख़्स के जरिए आपने सारा कुछ ख़त्म कर दिया? आपने मेरा ही खून क्यों नहीं करा डाला? अच्छा होता, आप मुझे ही कत्ल करा देते!”

“सुना...”

“आप बिल्कुल ही न रोकें। अब, आप दुबारा बाबुल की जिम्मेदारी न ले लीजिएगा। उसकी करतूतों के लिए आप क्यों अपना नाम बिगाड़ रहे हैं? यह गुनाह दबाने की कोशिश न करें। अगर आपने उसे दबाने की कोशिश की, तो मैं बर्दाश्त नहीं करूंगा।”

थाना! त्रिवेदी और हीरो!

घटना बयान की गई!

“चले जाइए, साढ़े दस बजे के करीब! अपराधी आपको मिल जाएगा।”

“यह मुझसे नहीं होगा।”

“डरिए मत! कुछ नहीं होगा। मैं वादा करता हूं, पूरा क्रेडिट आप ले लीजिएगा। डैनी आपका कुछ नहीं बिगाड़ सकता।”

“छुरा आपने अभी निकाला नहीं...?”

“खून बंद नहीं होता। एक सिपाही साथ कर दें। डेड बॉडी अस्पताल ले जा रहा हूं। आप समझे नहीं? लाश पुलिस ने ले ली है। ज़ख़्मी को भी पहुंचा रहे हैं। विश्वस्त सूत्रों से ख़बर पाकर पुलिस ही तो दौड़ पड़ी। मेरिट सार्टिफिकेट आपको मिल जाएगा।”

इस तरह सारा इंतज़ाम पक्का हो गया। कांता मुर्देखाने में डाल दी गई। अगले दिन उसका पोस्टमॉर्टम होना था।

गणेशी की बांह में धंसा हुआ छुरा, पुलिस के लिए प्रमाण बना।

त्रिवेदी ने कहा, “पागल न हो, तो भला कोई छुरे के बट पर अपना नाम लिखाता है?”

“लिखाता है। असल में खूंटा इतना मज़बूत होता है कि अपने को छिपाने की ज़रूरत नहीं पड़ती।”

यथासमय पुलिस को फ़रार अपराधी की लाश हस्तगत हो गई। अपराधी कोई बाहरी समाज-विरोधी था। लालपुरा में उसे कोई नहीं

पहचानता था। पुलिस ख़बर पाते ही पहुंच गई थी। उसी ने ख़बर दी कि गणेशी उसी रात को बचा लिया गया है। कांता पासवान को अस्पताल ले जाते वक्त, रास्ते में ही उसने दम तोड़ दिया था। नहीं, यह हरिजन-अत्याचार नहीं था।

अगले दिन करीब डेढ़ हज़ार हरिजनों या क्रुद्ध जुलूस, कांता का शव लेकर श्मशानघाट पहुंच गई।

हवेली में, रंडियों के निजी शिवमंदिर में हीरो के नाम पूजा अर्पित की गई।

चमेली ने अफसोस भरे लहजे में कहा, बाइस साल! बाइस साल की जवान-जहान औरत थी। बियाह में आखिर कौन-सा सुख मिला, बन्नो? सीधे हवेली में आकर बस जाती, तो बच जाती।''

डैनी और लालबाबू खामोश बने रहे। जौखाना इलाके में भयावह सन्नाटा छाया रहा।

डैनी ने कहा, ''हीरो, यह तुमने पब्लिक सर्विस... जन-सेवा का काम किया। मुझे नहीं मालूम था कि वह मानसिक रूप से विकार-ग्रस्त था। औरतों पर जुल्म बरसाए बिना उसकी सेक्स-भूख नहीं जागती।''

''दुर्लभ मिसाल था! चिड़ियाखाने में रखने लायक!''

''सही कहा तुमने! खैर, छोड़ो! आखिरी दौर में उसने जो चाहा, दिया, रख नहीं पाया। हां, तो, मैं कह रहा था, तुम्हारा बटपुरा जाना, जरूरी है! मेरा ख्याल है, उत्तर बंगाल की राह, वह टिंबर व्यापार की शुरूआत कर गया है। अब, कुछ दिनों, तुम्हारा वहां रहना ज़रूरी है।''

''जौखाना जलाएंगे?''

''मज़ाक मत करो! मज़ाक मत करो।''

''ठीक है, चला जाऊंगा। ऑर्डर इज़ ऑर्डर!''

''इमरजेंसी लागू है। यही तो काम निकालने का वक्त है। शुक्र है कि इमरजेंसी लागू है, वर्ना कांता के बारे में अखबारों में...''

रवि, भानू, बरजू और बाकी लोगों को लेकर, हीरो बटपुरा चला गया।

एक महीना गुज़रते न गुज़रते भूरा लाल आ पहुंचा।

ख़बर है, भई, ख़बर! डैनी ने लालबाबू से कहा है कि सूरज को टाउन दे दो। हीरो के वापस आते ही, उसे ख़त्म कर दो। लाश नदी में फेंक दी जाएगी। वह अगर ज़िंदा रहा, तो हम सब मुसीबत में पड़ जाएंगे। उसने यह भी कहा है कि मैं उत्तर बंगाल से होता हुआ सिलिगुड़ी जा रहा हूं। वहां काफी संभावनाएं हैं।

डैनी उसे बेचने वाला है।

लालबाबू उसे ख़त्म करने वाला है!

हीरो ने कहा, ''जाओ, तुम चले जाओ! निश्चिंत रहो! यह ख़बर किसने दी है?''

''हवेली की चमेली ने! हवेली में ही मीटिंग हुई है।''

''यानी डैनी आने वाला है?''

''किसी भी दिन पहुंच जाएगा।''

''चलो, देखते हैं...''

डैनी का टेलीग्राम आया था।

डैनी आया, साथ में रेवती भी!

हीरो ने डैनी को एक भी बात नहीं करने दी।

पांच

डैनी का कत्ल करने के बाद, बटपुरा रवि और बाकी लड़कों के हाथ में सौंपकर, दो दिनों बाद ही, हीरो विजेता की तरह लालपुरा के दाखिल हुआ। इस बीच किसी अनजान आतताई के हाथों, लालपुरा का मशहूर कारोबारी, दनुजमर्दन राय का खून हो गया और यह ख़बर लालपुरा पहुंच गई। उनकी लाश लालपुरा लाई गई। चीर-फाड़ के बाद, पुष्पसज्जित मृत देह श्मशान पहुंचाई गई। पटना से तशरीफ लाए, अनुजपालन राय, सिंचाई विभाग के बड़े ठेकेदार और उन्होंने अपने बड़े भाई का दाह-संस्कार किया। लालबाबू ने विशाल शोक-सभा कर डाली। अखबारों में ख़बरें छपीं। वे काफी धर्मप्राण, दानशील व्यक्ति थे। उनका स्वभाव इतना मधुर था कि सभी उन्हें प्यार करते थे।

जौखाना इलाके के लोग अनुपस्थित थे।

अनुजपालन ने लालबाबू से कहा, ''यहां की सारी संपत्ति मैं बेच दूंगा।''

''उनका कौन-कौन है?''

''बीवी तो विवाह के साल-भर बाद ही चली गई। उसका सगा भाई मैं हूं और मेरा बेटा! सौतेले भाई इस हिसाब-किताब में नहीं आते। उनकी वसीयत तो मेरे पास है, पटना में।''

हीरो अपने घर में बैठा रहा। वह लालबाबू के पास नहीं गया। लाल बाबू खुद ही उसके पास आ पहुंचे।

''यह तुम्हारी करतूत है, हीरो।''

''आपके पास सबूत हो, तो पुलिस को थमा दें।''

''पुलिस! देखो, हीरो, अब मैं और तुम साथ-साथ चल सकते हैं।''

''कैसे? मैं राजनीति नहीं करूंगा। उनका और मेरा रिश्ता, बस, इतना था—काम दिखाओ, दाम ले जाओ के आधार पर! अब से मैं अपना स्वार्थ देखूंगा। मेरी सर्विस चाहते हैं, तो दाम चुकाएं! दाम देंगे तो मेरी सर्विस मिलेगी।''

"बेशक! बेशक! लेकिन ये हरिजन तो मरघट पर आए ही नहीं। वे लोग क्या अगले चुनाव में विशाल गुप्ता की मदद करेंगे?"

"लगता तो नहीं।"

"खैर! देखो, तुम्हारे साथ, मेरी कोई दुश्मनी नहीं है।"

"आपके लोग मेरे इलाके में कदम न रखें; मेरे लोगों से न भिड़ें! उन लोगों के बारे में आप इतने परेशान क्यों हैं? आपने उन लोगों के लिए काफी कुछ किया है। अब अस्पताल, स्कूल वगैरह के लिए भी कुछ करें न! बहुत ज़्यादा रिटर्न पाएंगे। आस-पास भी तो हरिजन के गांव-गिराम हैं। दहशत फैलाने की ज़रूरत नहीं पड़ेगी, दस-ग्यारह हज़ार वोट तो आपको यूं ही मिल जाएंगे।"

"मुझे प्रसाद पर भरोसा नहीं होता।"

"यह आपके ग्रुप का मामला है"

बड़ी मज़ेदार बात थी! इन दिनों लालबाबू नहीं, प्रसाद तिवारी पुलिस को उकसा रहा था कि हीरो को खल्लास कर दो! यह सब राग-रंग और काम-काज, राजनीति में उतरने की तैयारी थी।

लालबाबू ने इसका जिक्र नहीं किया। वे ही एम.एल.ए. थे। किरण, कुशल और मथुरा, अब हीरो के हर पल के संगी बन गए थे। उन्हीं दिनों हीरो अपनी ज़मीन-जायदाद बढ़ाने की सोच में डूब गया।

दीनानाथ, अपने जीते जी, विष्णुपुरा हरिजन टोले में, एक अदद कुटिया के अलावा और कोई संपति नहीं बना सका।

दीनानाथ की मौत के बाद, कुछ ही सालों के अंदर, गोराई ब्रिज के किनारे, गोल्डेन मोटर सर्विस स्थापित हो गया। उस सर्विस से चार-चार गाड़ियां किराये पर दी जाती थीं, सभी लोग अपनी गाड़ियों की सर्विस कराने, वहीं आने लगे। जिसने कांता को बचाने की कोशिश की थी। उस गणेशी को भी वहां नौकरी मिल गई। खोज-खाजकर, वह बोकारो से धीलन को पकड़ लाया—चार आने की हिस्सेदारी लो, सर्विस की देखरेख करो, लड़कों को काम सिखाओ।

धीलन का बाप उस मोटर सर्विस का अटूट अंग बन गया। लोगों का कहना था, हीरो ने इस टाउन का काफी विकास किया है।

हां, इसमें कुछेक साल तो लगे ही थे।

सन् सतहत्तर के चुनाव के वक्त हवा क़ा झुकाव थोड़ा-बहुत जनता की तरफ था।

प्रसाद तिवारी उसके यहां आ पहुंचा।

"सोचता हूं, जनता की तरफ से खड़ा हो जाऊं।"

"आप क्या पागल हो गए हैं? बिहार के मस्तूल में, अभी भी कांग्रेस की हवा ही बह रही है।"

"लालबाबू के रहते, यहां मेरा कुछ नहीं बनेगा।"

"कांग्रेस ने इमरजेंसी का समर्थन किया है। उसे दुबारा वोट मिलेगा?"

"लगता है, मिलेगा।"

"आप किसे मदद देंगे?"

"जो दाम देगा, उसके।"

सन सतहत्तर तो क्या, सन् सत्तासी तक, हीरो ही लालपुरा में एकमात्र अहम हस्ती बना रहा। उसने लालपुरा और बटपुरा में हीरो'ज भू-उन्नयन कार्पोरेशन की स्थापना की और अब लावारिस ज़मीनें ख़रीद-खरीदकर, रिहायशी घर-मकान तैयार करने के लिए, प्लाट बेच-बेचकर, दौलत से लाले-लाल हो उठा।

रेवती ने कहा, "तुम क्या पागल हो गए हो? लगातार ज़मीन-जायदाद बढ़ाये जा रहे हो।"

"अभी तो नशा चढ़ा हुआ है, रेवती!"

"अच्छा, तो अब नशे की लत भी पकड़ ली है?"

"नहीं, भई, यह दारू या ड्रग का नशा नहीं है। उससे तो दिमाग चौपट हो जाता है। यह रुपयों का नशा है! दौलत का नशा!"

"अकेले इंसान की आखिर ज़रूरत कितनी है?"

भानू ने कहा, "ऐसा मत कहो, भौजी, काम-काज, कारोबार बढ़ता रहे, तो और लोगों के लिए भी थोड़ा-बहुत आहार जुटता है। अब देखिए न। आज हमारे कितने लड़के कॉलेज में पढ़ाई करके, नौकरी-चाकरी कर रहे हैं! जौखाना इलाके के कितने ही लोगों के पक्के घर-मकान बन गए हैं! मउबनी झील की वजह से मत्स्य समवाय बन गया है, इतने सबकी हमने कभी कल्पना भी की थी?"

लालपुरा ही क्यों, आस-पास के विस्तृत अंचल में, हीरो के तैयार किए हुए और उसकी मदद से पुष्ट समाज-विरोधियों ने, अपना अखंड प्रताप फैला लिया।

सन् सत्तासी में केंद्र में पराजय और वीपी सिंह के सरकार-गठन से हवा बदल गई। सबसे ज़्यादा तूफान उठाया मंडल कमीशन ने।

इतने सालों के दौरान, विशाल गुप्ता ने भी लालपुरा की मिट्टी पर अपने लिए थोड़ी-बहुत जगह जमा ली थी। उसका पैड्लर्स यूनियन छोटा था, प्राइमरी शिक्षक यूनियन भी छोटा ही था, लेकिन दोनों यूनियन उसके अनुगत् थे। केंद्र में कांग्रेस सरकार के पतन से लालबाबू को शायद यह अंदाज़ा हो गया था कि बिहार में भी कांग्रेस के पैरों तले ज़मीन नहीं रहेगी।

ऐसे में प्रसाद तिवारी ने एक बयान देकर, सभी लोगों को चौंका दिया। उसने मंडल कमीशन का स्वागत किया और कहा कि वह कांग्रेस से रिश्ता नहीं रखेगा। कांग्रेस ने दलित और अनुसूचित जाति के लिए कुछ नहीं किया।

इस किस्म का तूफान उठाकर, उसने लालपुरा त्याग दिया और जाते-जाते हीरो से कह गया, "आप इन दलित वर्ग से कहें कि वे लोग जनता दल में शामिल हो जाएं।"

"यह कैसी बात, प्रसाद जी? मैंने न तो उन्हें कांग्रेस में जाने को कहा था, न अब, जनता दल में जाने को कहूंगा। उन लोगों की आंखें खुल गई हैं! वे लोग जो सही समझेंगे, करेंगे।"

"देखना, चुनाव दुबारा आएगा!"

"आपने तो मेरा खून करने के लिए, पुलिस में ग्यारह बार अर्जी दी थी..."

"किसने कहा?"

"किस अर्जी में क्या लिखा, यह बताकर, मैं अपना वक्त बर्बाद नहीं करूंगा। किसी ज़माने में लालबाबू यही सब बातें किया करते थे, अब आप कर रहे हैं। यह बताइए, अब, आप मेरे पास क्यों आए हैं?"

"खैर, छोड़ा, भूल तो इंसान से ही होती है न? अब तुम्हारे साथ..."

"दोस्ती करना चाहते हैं! आप लोगों के साथ, मैं दोस्ती नहीं करता, प्रसाद जी! आप लोगों का ज़माना आने दीजिए! मेरी कीमत चुका दीजिएगा, वोट में मदद आपको मिल जाएगी। मेरे साथ अब अठारह-बीस हज़ार वोट चलते-फिरते हैं, यह ख़बर पाकर ही तो आप आए हैं। कौन हैं मैदान में? जीत जाएंगे! जीत जाएंगे! आप भी पैसा कमाएंगे!"

"सुनिए, मैं मंडल कमीशन का समर्थक हूं, मिस्टर हीरो!"

"वह तो महज़ धप्पा है, प्रसाद जी! हरिजन-अछूत और तिवारी, क्या बराबर हो जाएंगे? तब आपका मैला कौन साफ़ करेगा? अरे, जो रिजर्वेशन परसेंटेज पहले से मौजूद है, अभी तक तो वह भी लागू नहीं हुआ।"

"होगा! हो जाएगा।"

"जनता दल में कौन आएगा? जादव लोग? ये जादव लोग ही सबसे ज़्यादा, हरिजनों पर अत्याचार करते हैं या नहीं? जो सब राज्य हरिजन-आदिवासी लोगों को जला डालते हैं, वहां दलित को इंसान होने की मर्यादा मिलेगी?"

"भई, कोशिश तो करना होगी न?"

"प्रसाद जी, मैं तो समाज-दुश्मन हूं और मेरे बदन पर किसी समाजसेवी, धर्मप्राण वगैरह का रंगारंग पैकेट भी नहीं है और न ही मैं राजनीति करता हूं। लेकिन सीधी-सच्ची बात, जो मैं समझता हूं, वह यह है कि जो लोग खेत-खलिहानों में काम करते हैं, कल-कारखानों में मेहनत-मशक्कत करते हैं, उन सब लोगों को भला आपलोग ऊंचा क्यों उठाने लगे? ऐसा किया, तो कहा न, मेहनत कौन करेगा? आपका कूड़ा कौन फेंकेगा? अकेले कांता की बात तो नहीं है। ऐसी कितनी ही औरतें... खैर, छोड़ें, मैं भी किससे बात कर रहा हूं! सुनिए लालबाबू, आपका अब कोई भी समर्थक नहीं होगा।"

"क्या आप भी नहीं हैं? अच्छा, फिजूल बात छोड़ें! काम का वक्त आएगा, तो बताइएगा।"

"आपने तो काफी सारी दौलत बना ली।"

"आप भी कर लेंगे...सभी करते हैं।"

"हां, करते क्यों नहीं हैं? विशाल बाबू ने क्या किया? विष्णु बाबू ने क्या किया?"

"अरे, भई, पढ़े-लिखे लोग हैं। तीन-तीन पीढ़ियों से और तरह की राजनीति कर रहे हैं। हम जैसे लोग के साथ उनका नाम लेना शोभा नहीं देता। यह ठीक नहीं है। उन लोगों का असम्मान होता है।"

"शायद आपने सुना हो, त्रिवेदी चला गया था, डी.एस.पी. होकर लौट आया।"

हीरो के घर की निचली मंजिल, अब ऑफिस बन गया था और ऊपर वह खुद रहता था। लेकिन नव-निर्मित मार्केटिंग कॉमप्लेक्स में उसने दूसरी मंज़िल पर एक फ्लैट ले लिया था। बहुतों के साथ वहीं भेंट-मुलाकाल करता था।

त्रिवेदी भी वहीं आ पहुंचा! बेहद खिन्न! बेहद उदास!

"क्या हुआ? प्रमोशन से खुश नहीं हो?"

"पुलिस मशीनरी, में राजपूतों की बहुलता है। खुश क्या होना है? रिटायर कर जाऊंगा।"

“बहुत अच्छा होगा। तब आप आज़ाद हो जाएंगे।”

“आज़ाद होकर करेंगे क्या? बीवी तो बेटों को पुलिस की वर्दी, छूने तक नहीं देगी। उसका कहना है, इसमें कोई इज़्ज़त नहीं है।”

“है, भई, है! भाभी जी हिंदी फ़िल्में नहीं देखतीं? पुलिस की वर्दी की क्या इज़्ज़त है!”

त्रिवेदी हताश आंखों से देखता रहा।

“रिटायर करके करूंगा क्या? बेटी की शादी हो चुकी है; बेटे बैंक में अफसर बन गए हैं! एक जन तो कृषि-अफसर हैं! बचा कौन? मैं और मेरी बीवी!”

“गांव चले जाइए और खेती-बारी शुरू कर दीजिए।”

“कहां की खेती-बारी? भागलपुर में मेरे बाप सर्विस करते थे...”

“मैं आपके लिए निजी सिक्योरिटी सर्विस करा दूंगा। वैसे, उसमें मुझे अगर नौकरी दे दें, तो...”

“मैंने तो दिया ही है, दूंगा भी!”

“यहां क्या लग रहा है?”

“लीडरों का कोई विश्वास नहीं करता। तुम वोट में खुद खड़े नहीं होते?”

“मेरी ऐसी कोई इच्छा ही नहीं है! मैं हीरो हूं! जब, जिसकी सरकार होगी, उसकी पार्टी की टिकट लगा सकूं ऐसे आदमी से मैं अच्छा संपर्क रखकर चलता हूं। यह लेन-देन का कारोबार है, त्रिवेदी जी! वे लोग सर्विस लेते हैं। मैं सुविधा लेता हूं।”

“अब तो हरिजनों में भी बहुत से लोग पहलवान बनकर, अपनी पेशी चमकाने लगे हैं।”

आजकल जैसी राजनीति है! पहलवानी न दिखाते, तो ज़िंदा कैसे रहते? इतने वर्षों से क्या अनगिनत बस्तियां जलाई नहीं गईं? हरिजन कत्ल नहीं हुए?”

“वह तो इसलिए कि- तुम मौजूद हो।”

“वे लोग तो जानते हैं कि मैं हमेशा ज़िंदा नहीं रहूंगा। लड़ाई करते हुए जीना होगा।”

“अभी तुम्हारी उम्र ही क्या है, जो कह रहे हो—ज़िंदा नहीं रहूंगा?”

“आजकल चारों तरफ, क्या बूढ़े ही मरते हैं?”

“प्रसाद को लेकर, लालबाबू काफी चिंतित हैं।”

"मैं उनके बारे में नहीं सोचता! जो होना है, होने दें। मान लीजिए कि मैं सत्ता पार्टी की नेक नज़र में नहीं रहा। उस दिन क्या आप लोग मुझे बख्शेंगे?"

"इस बार कॉन्ट्रैक्टर हो जाओगे?"

"इच्छा तो यही है, कम-से-कम जायज कारोबार तो है।"

"हरिजनों में अब एक नई पीढ़ी आ गई है! अब वे लोग स्कूल जाने लगे हैं, कल-कारखानों में जाने लगे हैं। अरे, हां, याद आ गया, तुमने तो शादी भी नहीं की, घर भी नहीं बसाया..."

"ऐसी लड़की भी तो चाहिए, जो मेरे साथ चल सके।"

"अगर तुम न होते, तो वे लोग उजड़ जाते। गोराई नदी के किनारे कितनी सारी जगह है, कितनी क़ीमत होगी उनकी!"

"उन लोगों पर अगर अपना पूरा-पूरा दख़ल न रख सके, तो चले जाना..."

त्रिवेदी चला गया! हीरो मन ही मन सोच में डूबा रहा। त्रिवेदी उसे बेहद हताश और उदास कर गया। हीरो है, इसीलिए...हीरो है, इसीलिए... जन फ्रंट की तरह यहां भी कुछ शुरू क्यों नहीं होता? वे लोग ही, इन कई हज़ार लोगों को सही राह दिखा सकते हैं; सही संग्राम के सिपाही के तौर पर तैयार कर सकते हैं।"

वी.पी. सिंह... चंद्रशेखर... लालबाबू का पहिया घूमता रहा।

प्रसाद, नंद को लेकर तिवारी की महफ़िल में दाख़िल हुआ!

नंद जादव ने कहा, "आपका होकर, प्रचार तो मैं कर दूंगा, लेकिन बाकी मदद?"

"हीरो जुटाएगा।"

"वह तो कांग्रेस का आदमी है।"

"वह सिर्फ रुपयों का बंदा है। और...अभी भी वह खुद भी किसी उम्मीदवार को जीत दिला सकता है।"

"वह खुद राजनीति क्यों नहीं करता?"

"वह नहीं करेगा।"

"वह मदद क्यों करेगा?"

"तुम क्यों सहरसा की वजह से चंदरभान मिसिर को, बाद में प्रताप सिंह देव को मदद देते रहे? तुम्हारे फर्टिलाइज़र का धंधा, उसीके दम से है न! उसी की वजह से न तुम्हें ठेकेदारी मिली? देखो, सत्ता पार्टी की मदद

हर कोई खोजता है, हीरो भी खोजता है।''

''आप बुला भेजिए, वह आएगा। हम क्यों जाएं?''

''वह अठारह-बीस हज़ार वोट कंट्रोल करता है। हीरो आया था डैनी बाबू के संग! उनके पास ही लोग जाते रहे हैं। लालबाबू के पास ही वह भला कितने दिन गया है?''

''देखिए, मदद लें, वोट में जीतें, मगर ऐसे आदमी को ज़िंदा रखना खतरनाक है, यह समझ लें।''

''उसे बेनिशान करने के लिए जबर्दस्त नक्शा चाहिए। गुंडा-मस्तान-खूनी होने का आरोप लगाकर, उसको ख़त्म नहीं किया जा सकता।''

''क्यों नहीं किया जा सकता? आजकल तो जनता हवा है।''

''नहीं किया जा सकता! हरगिज नहीं किया जा सकता।''

''नशा-भांग का शौकीन है?''

''बहुत ही खच्चड़ बंदा है। न बीड़ी-सिगरेट, न दारू, न औरतबाजी और किसी चीज़ का नशा नहीं है।''

''गरीबों का तो भला ही करता है।''

''हां, करता है! टाउन तो वही चलाता है। जिसको जो मुश्किल आती है, उसी के पास दौड़ता है। वह मदद करता है। जिन लोगों ने मेरी बेटी को कॉलेज के सामने से उठा ले जाने की धमकी दी थी, वे लोग महज धमकी तक ही नहीं रुके रहे। घर तक धावा किया। क्या पुलिस ने? उस वक्त मैं हीरो के पास ही दौड़ा...''

''उसके बाद?''

''पहले उसने मुझे यह सुनाया कि वे लोग तो कॉलेज में आपके ही पक्ष में यूनियन करते हैं। और-और लड़कियों पर कम आरोप नहीं लगाया। उन जानवरों ने कम बेइज्ज़ती नहीं की। आप लोग चुप रहे। आपने यह भी नहीं सोचा कि पड़ोसी के घर में लगाई आग को अगर बुझाई न जाए, तो वह आग आपके घर में भी लग सकती है! अब तो सोचिए और लड़कियों को आत्मरक्षा का पाठ पढ़ाएं।''

''आप चले आए?''

''हां, चला आया।''

''और वो लड़के?''

''उन्हें उठा लाया और उनके हाथ-पांव बांधकर खूब धुलैया की। उसके बाद उनके पैंट-कमीज उतारकर, उन लोगों को मउबनी की झील के उस

पार छोड़ आया।"

"यह उसने अच्छा किया था।"

" जो भी उसके पास गया, उसने कभी नहीं लौटाया। इसीलिए विशाल बाबू...! विशाल बाबू ने बेहद परेशान मुद्रा में बार-बार कहा, यह सही नहीं है। आप लोग और हम लोग...राजनीति करने में, प्रशासन में—हर क्षेत्र में नाकाम रहे, यही तो साबित हो रहा है। लालपुरा कौन चलाता है? एक अदद समाज-दुश्मन!

कौन-सा समाज-दुश्मन? भूमि विकास के मामले में झमेला किया था, इसलिए फुटबॉल मैच ख़त्म होने के बाद, पी.डब्लू.डी. के इंजीनियर का खून करा डाला। कॉन्ट्रैक्टर एसोसिएशन के पहले सक्रेटरी, कांग्रेस पार्टी के दीपक सहाय की हत्या में भी तो हीरो के ही बंदों का हाथ है।

उस वक्त विशाल बाबू को प्रसाद और उनके लोगों ने यही कहा, "छोड़िए, आपको तो कोई नुकसान नहीं पहुंचाया।"

विशाल बाबू ने अपने पिता के स्वभाव का गंवारपन पूरी-पूरी तरह आत्मसात् किया था।

उसने कहा, "मेरा भला क्या क़रेंगे? मैं पैसों के लिए राजनीति नहीं करता। मुझ पर कोई हमला नहीं करता, अगर मैं मदद मांगने उसके पास न गया होता।"

नन्द जादव ने पूछा, "विशाल बाबू की छवि कैसी है?"

"उसे इज़्ज़त तो मिलती है। यह बात सभी जानते हैं कि वह जीतेगा नहीं, कुछेक वोट उसे ज़रूर मिलेगा। खुद वह किताब की दुकान चलाता है। प्रेस छोटी सही, खासी चलती है। बीवी किसी स्कूल में पढ़ाती है। शरीफ-सभ्य परिवार है। दुर्नीति वगैरह पसंद नहीं करते। बहन और बहन का पति तो उसी वक्त से ही...! बाप के नाम से दुकान...बहन के नाम से प्रेस! आजकल विशाल बाबू बीच-बीच में जौखाना भी जाने-आने लगा है।"

"उसे कोई कुछ नहीं कहता?"

"ना! हीरो के बंदों से भी कह दिया गया है। कोई विशाल बाबू के बदन को हाथ न लगाए। मैने एक दिन पूछा भी था—"लगता है। आप उसकी इज़्ज़त करते हैं।" उसने जवाब दिया—"करूंगा नहीं? टाउन में ऐसा भी एक आदमी है, जो मुझसे नहीं डरता, मेरी परवाह नहीं करता। सन् बहत्तर से वह लगातार मुझसे नफ़रत करता आया है...उसके प्रति मेरी श्रद्धा नहीं होगी?"

नन्द जादव ने उसांस भरकर कहा, "मैं भी उससे मिलने ज़रूर जाऊंगा। मुसीबत के दिनों में मेरे बप्पा को विशुन बाबू से काफी मदद मिली थी। लेकिन मैं फिर कहता हूं, हीरो हमारा राजनैतिक प्रतिद्वंदी नहीं है, फिर भी बहुत ज़्यादा खतरनाक है। यह कैसा गॉडफादर है, जो राजनीति में नहीं उतरता? धनबाद में सूरज देव सिंह तक राजनीति करते हैं, यह क्या उससे भी बड़ा है?

"उनसे सभी डरते हैं। अनगिनत लोग उसे प्यार भी करते हैं।"

"खैर, प्यार करने से तो नहीं चलेगा न! रॉबिन हुड के ज़माने अब लद गए, यह बात याद रखें।"

सन् इक्यानबे का चुनाव, हीरो क्या भूल पाएगा!

छः

जब लालबाबू आया, उसने ऐलान कर दिया, इस बार वह वोट में नहीं खड़ा होगा।

"क्यों? क्यों?"

"जनता-हवा बह रही है।"

"हीरो ने इतनी-इतनी मदद ली है, फिर भी ऐसी बात?"

"आपने बहुत मदद दी है।"

"मेरी मदद थी, तभी न..."

"देखिए, मदद तो ली है, लेकिन अगर मैं न होता, तो आपकी जीत नामुमकिन थी। आपको मार-दंगा नहीं करना पड़ा, सिर्फ मेरे लोगों के साथ घूमते-फिरते रहे, इसलिए हर बार आपको वोट मिले। इस बार मैं आपके साथ चक्कर नहीं लगाऊंगा।"

"प्रसाद तिवारी? नन्द यादव?"

"इस बार जनता दल के टिकट पर अगर गाय-भैंस भी खड़ी हों, तो जीत जाएंगी। आपने तो कई सालों तक राजनीति की है, लेकिन एक बार भी मंत्री नहीं बन पाए। लेकिन ज़मीन-जायदाद क्या कम बनाया? डैनी बाबू का भी घर-मकान खरीद लिया। इसके अलावा कितनी ही ज़मीन... कितनी ही संपत्ति खरीद डाली। लेकिन, इस बार आपका चांस नहीं है।"

"प्रसाद तुम्हें क्या देगा?"

"गोराई-सिंचाई योजना की ठेकेदारी।"

"वो तो मैं था, इसलिए..."

"मैं क्या जिंदा बचा हूं? चलो, ठीक है, अगर कुव्वत हो, तो मार दें न मुझे।"

"याद रखो, पुलिस में, इतने सालों की पूरी रिपोर्ट मौजूद है।"

"पुलिस ने एक्शन क्यों नहीं लिया?"

"तुम ग़लतफहमी में हो, हीरो! मेरे और प्रसाद के बीच कोई व्यक्तिगत

विरोध नहीं है, याद रखो।''

''विरोध क्यों होगा? कौन, किसका, कहां विरोधी है? यह सब तो आप लोग पब्लिक की आंखों में धूल झोंकते हैं। लीडर-लीडर में समझौता तो रहता ही है। आपलोग तो सिर्फ कैडर-कैडर में भिडंत करा देते हैं।''

''तुम बहुत ज़्यादा बढ़ते जा रहे हो।''

''आप लोगों ने ही बढ़ावा दिया है, मैं बढ़ गया। उन्नीस साल पहले, जब मैं लालपुरा में दाखिल हुआ था, तभी मुझे मार फेंकते। तभी क्यों नहीं ख़त्म कर दिया? अच्छा, इस बार भी तो विशाल बाबू चुनाव में उतरेंगे। उनसे तो आपका कोई विरोध नज़र नहीं आता। विरोध क्यों नहीं नज़र आता?''

''अरे, वह क्या उसका बाप है?''

''कैसे होगा? ये तो बेटे हैं।''

''बाप में फिर भी थोड़ी बहुत क्षमता थी। इसके पास क्या है?''

''अच्छा, लालबाबू कभी जीते नहीं, फिर भी खड़े होते हैं। क्यों खड़े होते हैं, मालूम ? उनके कुछ उसूल हैं। आपकी या प्रसाद जी की कोई नीति नहीं है। ये तो पुरानी पार्टी के आदमी हैं। बिहार में आजकल अन्यान्य लेफ्ट पार्टियां हैं। अब तो आदिवासियों की पार्टियां भी खड़ी होती हैं। कोई-कोई पार्टी जीतती भी है, आपको कोई खबर है?''

''यह सब झमेला, उस तरफ नहीं है, भइया!''

''उन लोगों के भी निजी उसूल हैं; निजी नीति है।''

''मेरी नहीं है?''

''हां, हां, है न! अहिंसा की जय हो! इमरजेंसी लगाओ, टाडा-मीसा जैसी हज़ारों धाराएं बनाओ, तब भी अहिंसा की जय बोलो। गुंडागर्दी, बलात्कार, हरिजन-कत्ल चलाते जाओ। अहिंसा की जय! आप लोगों की नीति! हुंहः! फिर आपने सूरज जैसे लोगों को क्यों रखा है?''

''तुम्हारी जुबान से, ऐसी बातें?''

''मुझे भी क्यों बुलाया था?''

''अरे, भई, चुनाव में गुंडागर्दी के बिना, भला जीत सकते हैं?''

''हां, वही... राजनीति! लेकिन, इतना बढ़-बढ़कर बातें करने को क्या है? आपकी या मेरी डिक्शनरी में 'लॉयल्टी'... इमानदारी जैसे शब्द क्यों रहें? मेरी तरफ से कोई पॉलिटिक्स नहीं है, लालबाबू! जो जीतेगा, मैं उसकी तरफ रहूंगा। रहना पड़ेगा।''

"ठीक है! मैं भी यह कहे जा रहा हूं कि जनता दल का उम्मीदवार अगर जीत भी जाए, तो भी तुम ज़्यादा दिन ज़िंदा नहीं रहोगे।"

"आप मारेंगे या प्रसाद तिवारी?"

"गुंडों के दमन के लिए पुलिस मौजूद है।"

"है क्या? अच्छा ही तो है।"

"यह भी कहे जा रहा हूं कि कांग्रेस ही जीतेगी! हर राज्य में! और राजीव जी प्रधानमंत्री होंगे।"

"होने दीजिए! मेरा क्या? बस, मेरा यही अनुरोध है कि आप मत खड़े होइएगा। इस बार गुंडागर्दी करने के बावजूद आप नहीं जीतेंगे।"

"इसलिए कि तुम मदद नहीं करोगे?"

"इसलिए कि इस तरफ की हवा नहीं है!

"ऐक्शन करोगे?"

"अगर लाचारी होगी, तो वह भी करूंगा, वर्ना नहीं! मैं तो ठहरा बंदूक, चलाते तो आपलोग हैं।"

लालबाबू चला गया!

हीरो ईषत् हंस पड़ा। लालपुरा नहीं, पटना के बैंक में, उसका जो लॉकर है, वहां उसने इतने सालों की इतनी सारी बातें... कमोबेश उनकी पूरी रिपोर्ट लिखकर, बड़े एहतियात से संजो रखा है। रेवती को साथ ले जाकर, उसके और अपने नाम का ज्वाइंट-लॉकर लिया है। बटपुरा में भी उसने रेवती को जो लॉकर दिलाया है, उसमें भी उसकी हिदायतों का एक लिफाफा मौजूद है! रेवती क्या उनका उपयोग कर सकेगी? देखा जाएगा।

इंश्योरेंस! इंश्योरेंस!

लेकिन, किसके लिए?

आजकल, भूरालाल बीच-बीच में यहीं रुक जाता है। बगल के कमरे में रहता है, उसकी सारी बातें सुनता है!

उसने भूरालाल को आवाज़ देकर बुलाया और पूछा, "सुन लीं न सारी बातें?"

"हां, सुनी।"

"क्या समझे?"

"अच्छा नहीं लगता... यह वोट-सोट!"

"इस बार तो जनता को ही वोट देना होगा, चाचा! टिके रहने के लिए यह जरूरी है। जब जो सरकार बने, बस, उसी के हो जाओ, जितने

दिनों...”

“जितने दिनों क्या...?”

“जितने दिनों, ऐसा कोई संगठन नहीं मिलता, जो लोग उनके बारे में कोई चिंता-फिक्र नहीं करेंगे। सारी क्षमता तुम लोगों के हाथों में आ जाए, इसके लिए लड़ते रहो।”

“दूसरी-दूसरी जगहों में तो यही हुआ है...”

“यहां भी होगा। ज़रूर होगा।”

“बबुआ, (नितांत निर्जन में यह ‘बबुआ’ और वह ‘चाचा’ बन जाता था) यह काम तो तुम ही कर सकते थे।”

“छिः, चाचा! मैं ठहरा समाज-दुश्मन! जो लोग यह काम करते हैं, वे अपना-अपना समेटने में नहीं लगे रहते।”

“तुम क्या गोराई-सिंचाई योजना में शामिल हो जाओगे?”

“पता नहीं! अब ज़र-जायदाद बढ़ाने का चाव नहीं है। देखो, मोटर-सर्विस तुम लोगों की है, बटपुरा में रवि है, बरजू को भी कारोबार करा दिया है। मोटर-सर्विस अगर न भी चला पाया, तो गाड़ियां तो मौजूद ही हैं। यही उन लड़कों की संपत्ति बनी रहेगी।”

“तुम कहीं जा रहे हो?”

“ना! लालपुरा और तुम लोगों को छोड़कर...मैंने क्या किया, किसके लिए किया...! अरे, हां, याद आया! देखना, विशाल बाबू पर कोई ख़तरा न आए...”

“ना...! वह अपने बाप की तरह गंवार नहीं है। जौखाना आता है... बातचीत करता है...। कह रहा था, बहन के नाम एक दवाखाना खोलेगा।”

“खोले न!”

“चंदा उगाहने को कह रहा था।”

“चंदा मैं भी दे दूंगा। लेकिन उससे कहना, यह तुम लोग अपनी तरफ से दे रहे हो। मुझसे तो वह लेगा नहीं।

“तुमसे वह बेतरह खफा है।”

“हो सकता है! लेकिन, चाचा, अगर अर्जुन बाबू न होते, तो उन दिनों मैं कहां जाता, कहा रहता?”

भूरालाल की आंखों में हताशा झलक उठी। वह गहरी ममता से भर उठा।

उसने कहा, “अपना ख़्याल रखो, बबुआ! अब, तुम पर बहुत सारे लोगों

का भरोसा टिका है।"

लालबाबू ने दीवारों पर जो लिख रखा है वह नहीं पढ़ पा रहे हो? इस बार वह खड़ा हो रहा है।;

"सूरज और उसके छोकरों के भरोसे?"

"नंद यादव भी बाहर से अपने आदमी ला रहा है।"

"अपने इलाके में, हम उन लोगों को घुसने भी नहीं देंगे।"

"हम भला क्यों घुसने देंगे?"

"लालबाबू ने तो दीवार पर लिखे जुमले पढ़े नहीं। विधानसभा चुनाव से पहले उसने अपने एजेंट, पवन सहाय को भेजा था। पवन ने कहा था—एक वोट..."

"उसके रुपए, उसकी पूड़ी-कचौड़ी, वोट के बाद सड़क पक्की करने का वादा, अस्पताल...उसकी योजना..."

"यही तो! यही तो..."

औरतें भी आगे बढ़ आईं।

उन लोगों ने कहा, "लालबाबू को चार बार वोट दिया है, बाबू। सड़क, बिजली, अस्पताल—सब करा दिया। लेकिन लालबाबू ने नहीं! हमारे बाबू ने! सो, अब लाठी-गोली से काम नहीं चलता, अब रुपैये दे रहा है, बाबू।"

"यह कैसी बात?"

"बात तो ऐसी ही है, बाबू! हर कोई अपना-अपना भला देखता है। वोट...इतना-इतना वोट...सारा विकास जौखाना बॉर्डर तक आकर रुक जाता है। हमने काफी बर्दाश्त कर लिया..." भूरालाल की पत्नी ने बेरुखे लहजे में कहा, "चलिए, वोट आएगा, तो देखा जाएगा। चलूं, बड़ा काम पड़ा है।"

बेहद पुंखरा, गांगी दुसादिन ने कमर पर हाथ रखकर फर्माया, "अब गोली से वोट कंटोल (कंट्रोल) नाहीं होगा। हर वोट में यही तो होता है। इस साल इतनी मीठी-मीठी बातें, काहे, बाबू?"

पवन सहाय भी आ पहुंचा।

उसने कहा, "आप तो कमाल के आदमी हैं! इतने दिनों से यहां जमे हैं, उन लोगों के लिए कुछ भी नहीं किया।"

"अरे, भई, उन लोगों की हालत भी तो अब बदल गई है। लेकिन आप और बाकी सभी लोग यह बात जानते हैं कि यह सब कुछ हीरो की कोशिश-तदबीर से हुआ है! सड़क, बिजली, अस्पताल...कुछ भी आपकी कोशिश से नहीं हुआ। हीरो ने ही घूस खिलाकर, सबकुछ किया है! मंडल

कमीशन की भी हवा बह रही है, यह न भूलें।''

''डैनी! डैनी बाबू ही यह सर्वनाश कर गया। चिरकाल ही हरिजन के जूतों तले...पांव की जूती, अब सर पर सवार होना चाहती है। यह मैं बर्दाश्त नहीं करूंगा।''

लेकिन सन् इक्यानवे के चुनाव में, लालबाबू का सारा हिसाब-किताब ही पलट गया।

विधानसभा चुनाव के मस्तूल में जनता दल की तूफानी हवा!

लोकसभा चुनाव के समय, राजीव गांधी की हत्या!

प्रसाद तिवारी इतनी ज़्यादा संख्या में जीत गया! उसका विजय-जुलूस इतना विशाल था कि विजय-उल्लास से समूचा लालपुरा फट पड़ा।

उस विजय जुलूस, सभा-समितियों में, हीरो कहीं नज़र नहीं आया।

उसने मथुरा और कुशल से कहा, ''सोच रहा हूं, कुछ दिनों कहीं घूम आऊं। चुनाव के बाद, सभी ज़रा टेंशन में हैं।''

भूरालाल ने कहा, ''विशाल जी जीत नहीं पाए, लेकिन वोट मिला है उन्हें!''

''अब सावधान रहें, तो अच्छा है।''

''अभी भी!''

''हां, सावधान तो तुम्हें भी रहना चाहिए।''

''यह तुम क्या कह रहे हो?''

''प्रसाद बाबू, अभी उस दिन तक कांग्रेस में थे...अब, लालबाबू क्या एक बार भी डंक नहीं मारेगा?''

''ना! सच ही! अब होशियार रहना ही होगा।''

इसी बीच, त्रिवेदी रिटायर होने से पहले, लंबी छुट्टी पर चला गया।

जाने से पहले, उसने हीरो से भी मुलाकात की और बता गया कि नया डी.एम.पी. सुपर, कोई राजपूत है। ओ.सी. भी राजपूत! अब यह सुपर बार-बार मीटिंग कर रहा है। ''लॉ ऐंड ऑर्डर'' मेरे हाथ में नहीं था। समाज-दुश्मन ही टाउन, कंट्रोल कर रहे थे।

''अच्छा ही है! पुलिस अपना काम करे।

''आप तो कह रहे थे...

''मुझे क्या वह बात दुहराना होगी?'' हीरो ने उसकी तरफ घूरकर देखा।

''देखिए, आप छुट्टी पर जा रहे हैं, जाइए रिटायर हो जाइए, पेंशन

उठाइए! मार्केट कॉम्प्लेक्स में सिक्योरिटी सर्विस का दफ़्तर होगा। हमारे कुछेक ताज़ा लड़कों को शामिल कर लीजिएगा। टेलीफोन मिलेगा गाड़ी मिलेगी, सस्ते किराये पर फ्लैट भी दे दूंगा। मैं अपना वादा निभाऊंगा उसने कहा।

"चलेगी तो सही?

"गोराई सिंचाई योजना जरूर शुरू होगी। इसके अलावा, लालपुरा में, बहुत से लोगों के पास बहुत सारी दौलत है। यहां कोई इंडस्ट्री नहीं थी... काशीगंज में केमिकल फर्टिलाइज़र हो गया। नदी के आसपास इतने-इतने हाउसिंग हो रहे हैं। दिल्ली से गवरमिंट ड्रग रिसर्च इंस्टिट्यूट भी मिल जाएगा। यह टाउन काफी बड़ा बन जाएगा।"

"हां, सो तो सच है।"

"चोरी-छिनताई-डकैती-गैरकानूनी कारोबार, अपराध बढ़ जाएगा। हद से ज़्यादा बढ़ेगा।"

"आपके हरिजन लोग?"

"इनमें से भी बहुत सारे लोग उसमें शामिल हो जाएंगे।"

"लेकिन..."

"यही ठीक है, त्रिवेदी जी! मैं तो न कोई धर्मयोद्धा था, न कोई राजनीतिक लीडर। मैंने खुद जो सीखा, वही लड़कों को भी सिखाया। आपको तो याद होगा, एक ऐसा दिन भी था, जब मैं यहां से जानेवाला था। डैनी बाबू ही पकड़कर ले आए। आप भी लाए थे..."

"हां, मुझे याद है! हमेशा याद रहेगी।"

"आप भी भला क्या करते? न आप आज़ाद थे, न मैं! खैर, छोड़िए! देखिए, हरिजन जब हथियार उठाता है, वह क्रिमिनल हो जाता है। "लॉ एंड ऑर्डर" का सवाल उठाकर, पुलिस उन्हें गिरफ़्तार करती है! हीरो, यशवंत या ध्यान या सूरज या फिर डैनी बाबू, लालबाबू जैसे लोग इतने-इतने गुनाह करने के बावजूद, पुलिस की नज़र में गुनाहगार अपराधी नहीं होते! नहीं, नहीं, आप कुछ मत कहें। यही सब चलता आ रहा है, चलता रहेगा। अगर उन लोगों को जिंदा रहना है, तो लड़ना होगा। मैं उन लोगों को काई ब्रेहतर तरीका नहीं सिखा पाया, लेकिन, यह सच है कि वे लोग अब, पांवों की जूती नहीं रहे।"

"अच्छा, मैं चलूं..."

"अलविदा कहे बिना ही?"

हीरो ने उसकी तरफ एक लिफाफा बढ़ा दिया, "मामूली-सा है।"

त्रिवेदी अभिभूत! गद्‌गद्!

"मैं कभी नहीं भूलूंगा। मुझ जैसे इंसान के जाने से, डिपार्टमेंट से भी एक..: कभी नहीं भूलूंगा।"

"मिसेज खुश हैं?"

"इतने सालों तक उसे यह शिकायत रही कि पति घर में नहीं टिकता। अब यह फ़िक्र सवार हो गई है–पति चौबीसों घंटे, घर पर ही बना रहेगा? अरे, भई, औरत को खुश किया जा सकता है भला? आपकी...बीवी क्या कहती है?"

"कोई झमेला तो नहीं है।"

"अच्छा, चलता हूं! एस.पी. अपर, डी.एस.पी. बलवन्त सिंह, ओ.सी. चन्द्रकान्त सिंह, ए.बी.सी. से मिले?"

"परिचय हुआ है! यह भी सुना है कि 'ए' पुलिस ने कहा है कि इस टाउन में अर्से से जंगल-राज रहा है। यह उसे मार रहा है... वह बदला ले रहा है...बदले पर बदले का सिलसिला जारी है, लेकिन पुलिस यह बर्दाश्त नहीं करेगी। अगर कहीं अपराध हुआ, तो पुलिस इसके खिलाफ कार्रवाई करेगी। उसने यह भी कहा कि बंबइया फिल्मों में पुलिस को ऐसे फूहड़ तरीके से दिखाया जाता है कि लोगों के मन से, पुलिस के प्रति विश्वास उठता जा रहा है। अब पुलिस अपना काम कर दिखाएगी।

"ए.बी. कहते हैं–येस, सर और ओ.जी. ने भी कसम खाई है कि..."

"कि वर्दी की पवित्रता वह क़ायम रखेगा।"

"आपने सच फ़रमाया! अच्छा! मैं चलता हूं।"

सात

पुलिस को बहुत जल्दी ही एक्शन का मौका मिल गया।

सूरज और उसके साथियों ने लालबाबू से कहा, "अब आप हम लोगों को चाहे गालियां दें, मारें-पीटें, चाहे जो करें, सीधी बात यह है कि हरिजनों का वोट आपको नहीं मिला। उन लोगों के वोट न मिलने की वजह से..."

"उन लोगों को सबक़ सिखाओ..."

"आप मुझे यशवन्त बन जाने को कह रहे हैं? नहीं, बॉस, हमें अपनी जान बहुत प्यारी है।"

"तुम जो भी करो, मैं संहाल लूंगा। अब पुलिस काम करेगी, विश्वास करो..."

"नन्द यादव कुछेक धनबादी गुंडे लाया है -"

"लाख रुपए, सूरज...कुछ करो...मेरा मन ज़रा शांत करो...उस हीरो को..."

बातचीत हवेली में ही हो रही थी। उनकी बातें सुनकर, चमेली थर्रा उठी। ये लोग क्या करने वाले हैं?

"सुनो, सूरज, जानने-सुनने के बाद, यह टाउन छोड़कर चले जाओ। दो दिनों बाद, रात के वक्त लौट आना! यहीं रह जाना! रात को करीब ग्यारह बजे तुम लोग निकल पड़ना।"

"सिर्फ आग क्यों? गोली क्यों नहीं? हम सब सिर्फ गोली क्यों चलाएं?"

"नहीं, नहीं, यह सब नहीं।"

"आग जलेगी कहां? फूस के घर तो कम हो गए हैं।"

चन्नो ने कहा, "यह सब झमेला किसलिए? कल हम चले जाएं, रात को लौट आएं और झील में ज़हर उंड़ेल दें। सत्तर हज़ार टकों में मर जाएगा। कई हज़ार लोग पिट जाएंगे। उन्हें रोटियों से मारना ज़रूरी है।"

"ऐसा ही करो! यही कर लो!"

"बस्स, पुल क्रॉस करके हम नौ-दो-ग्यारह हो जाएंगे।"

चमेली छाया की तरह, वहां से हट गई। हाय! उसने हीरो को दूर-दूर से देखा है, कभी करीब से नहीं देखा। वह बंदा तो रंडियों की तरफ कभी आंखें उठाकर भी नहीं देखता। उसने लंबी उसांस भरी।

रात को करीब दस बजे वह निकल पड़ी। यह लालपुरा बेतरह बदल गया है! जौखाना की तरफ वह अर्से से नहीं आई। जौखाना मोड़ पर ही तो हीरो का मकान है। लेकिन उसके घर के द्वार पर इतने-इतने पहरेदार हैं, वह अंदर जा कैसे जा पाएगी?

आपादमस्तक काली चादर में ढंकी मूर्ति को उन लोगों ने रोक दिया।

चेहरे पर से चादर हटाते ही, किसी अधेड़ औरत का चेहरा नज़र आया, जिस पर उसके अतीत जीवन और वर्तमान जीवन, कुछ ऐसे चिन्ह रख गए हैं कि कुछ भी समझना बाकी नहीं रह गया।

"अइ हो, भइयो!"

"हमका हीरो बाबू के पास लै चलो, बबुआ, बहुत ही ज़रूरी बात है। हम बहुत छिप-छिपाकर आई हूं। उनसे कहो-हवेली से चमेली आई है।"

वे लोग उसे मकान के अंदर ले गए। बड़े-बड़े कमरे! हर कमरे की खिड़कियां बंद! पर्दे पड़े हुए!

"बैठो, मईयो! कौन-सी विपदा आई है?"

हाथ उठाकर घुमाते हुए, चमेली ने हीरो को आशीर्वाद दिया।

"बहुत सालों से हम सब तोरा कल्यान के लिए, प्रार्थना करती रही, बबुआ! बहुत-बहुत सालों से...लेकिन, अब का होवेगा?"

चमेली ने जल्दी-जल्दी लालबाबू और सूरज वगैरह के बीच, हुई बातचीत बयान कर डाली।

हीरो की आंखें धुंधला आईं, होंठ सिकुड़ आए!

"वे लोग आकर तो तुम्हारे यहां ही छिपेंगे?" उसने पूछा

"कहा तो यही है।"

"ठीक है, अम्मा, तुम चली जाओ। किसी को तुम्हारे साथ कर दूं?"

"नाहीं, नाहीं, हम इकल्ली ही चली जाऊंगी। उस यशवन्त की वजह से...तभी से हम सब तुमका...तुम जीओ, बेटा, हज्जारों साल जीओ!"

"अब, अगर कोई ख़बर हो, तो तुम न आना, अम्मा। अपने

मेहतर-मेहतरानियों से जौखाना के भूरालाल को खबर पठा देना।''

सब सुनकर भूरालाल ने कहा, ''इस बार को लेकर, दो बार हो चुका! इस बार, उन लोगों के लिए कुछ न कुछ करना ही होगा।''

''क्या करोगे? अस्पताल में भी उन लोगों पर ईंटें मारते थे। हवेली पर बुलडोज़र चला दो और तोड़-फोड़ डालो। ऐसी हज़्ज़ारों हवेलियां बन जाएंगी। घर में रोटी नहीं, बेटियां बेसहारा हो गईं और टाउट लोग शिकार की तलाश में हैं! नारी कल्याण आश्रम के नाम पर भी लंबा-चौड़ा कारोबार करते हैं।''

''कोई समाज सुधार समिति भी तो नहीं है।''

''वह जो विशाल बाबू की बीवी ने कहा था कि वह कोई टीम लाने वाली है। डॉक्टर, पत्रकार और बाकी लोगों को भी लाएगी। यह भी कहा था कि वह एक सेंटर भी खोलेगी। उन लोगों के लिए डॉक्टर बिठाएगी, लिखना-पढ़ना सिखाएगी...। कोई भी काम...ताकि वे लोग जी सकें।''

''देखो, यह सब तो मैं सोच भी नहीं सकता था। अगर वे मुझसे चंदा लें, तो बनाएं न सेंटर! ज़मीन मैं दे दूंगा। रुपए लगाकर घर भी बना दूंगा।''

''तुमसे वह नहीं लेगा।''

''यही तो मुश्किल है! खैर, छोड़ो, काम पूरा हो जाय। भूरालाल, तुम चमेली को रुपए दे आना। पिछली बार उसने मुझे बचाया था, इस बार मउबनी को! उफ! सारी मछलियां मार डालेंगे वे लोग! बहुतेरे मुसलमान मछली के कारोबारी हैं! लालबाबू का इरादा यहां दंगा-फ़साद करना है।''

''क्या करें?''

''मैं तो यहीं रहूंगा। तुम लोगों को जो करना हो, करो!''

''लाश?''

''दो-तीन बंदूकें इस्तेमाल करना। वह सब वहीं छोड़ देना। उन लोगों की बंदूकें ले लेना। उनकी बांहों से अपने बंदूकों की नली सटाये रखना। रुपयों को हाथ मत लगाना! तीनों इलाकों में जितनी भी बंदूकें हैं, सब हासिल कर देना! बंदूकें पुलिस के हाथ न लगें! काम पूरा हो जाए, तो मउबनी से दस-बारह लोग, मउबनी आउट पोस्ट को ख़बर कर देना! उफ! कैसी बंदूकबाज़ी चल रही है! पुलिस आकर इंतज़ाम करें।

''एक्शन कौन करेगा?''

''बीरन, कुशल, मथुरा...तुम्हारे पास इतने-इतने लड़के हैं...तुम देख लो!

लेकिन, खूब होशियारी से! संभल-संभलकर! अब ए.बी.सी. आ गया। ये लोग एक्शन दिखाना चाहते है। दिखाने दो।"

मउबनी ख़बर बन गई। लालपुरा से निजी संवाददाता ने ख़बर दी है कि चार दिनों पहले, पुलिस प्रशासन की ग़ज़ब की चुस्ती की वजह से पांच समाज-विरोधी दुश्मनों के घृणित हमले से मउबनी-हात्रा-जौखाना मत्स्य समवाय योजना (जो दूरदर्शन पर प्रदर्शित हुई और इसी अख़बार में पिछले वर्ष, उन्नीस और बीस अगस्त की 'सफलता कथा' के तौर पर प्रकाशित की गई) की रक्षा हो सकी और बदमाश मारे गए। पुलिस को हत्या, आगजनी, चुनाव के दौरान वगैरह कई-कई कारणों से, इन लोगों की तलाश थी। एकान्त साक्षात्कार में एस.पी., अमरजित सिंह ने कहा कि वे समाज-विरोधियों को जड़ से उखाड़ फेंकने को दृढ़संकल्प हैं। पुलिस और समाज-विरोधियों की पारस्परिक निर्भरता के प्रसंग में उन्होंने कहा कि घटना से ज़्यादा रटना यानी अफवाह ज़्यादा ज़ोर-शोर से फैलती है। वे कोशिश करेंगे कि पुलिस विभाग में मौजूद दुर्नीति-भ्रष्टाचार का खात्मा कर सकें। इस काम में उन्होंने जनता सहयोग की अपील की और जिन-जिन ग्रामवासियों ने पुलिस को ख़बर देकर, पुलिस की मदद की है, उन सबकी उन्होंने भूरि-भूरि प्रशंसा की। अपराधियों की लाशें, थाने के प्रांगण में रखा गया और उन्हें देखने के लिए प्रचुर लोगों की भीड़ जमा हुई! घटनास्थल से फॉलीडॉल के पांच टिन, तीन-तीन बंदूकें और अस्सी हज़ार रुपए मिले। स्थानीय विधायक, प्रसाद तिवारी, भूतपूर्व विधायक लालबाबू, कम्युनिस्ट पार्टी के अंचल नेता, विशाल गुप्ता समेत शहर की ढेरों गण्यमान्य हस्तियों ने, इस काम के लिए, पुलिस को धन्यवाद दिया। विशाल गुप्ता ने समाज-विरोधियों के शिकंजे से शहर को मुक्त कराने के आवेदन के साथ, एक स्मारक लिपि भी, जिला-शासक को पेश की।

लालबाबू ने अखबार वगैरह में कोई बयान नहीं दिया।

प्रसाद तिवारी ने जौखाना-मउबनी का चप्पा-चप्पा छान मारा!

विशाल गुप्ता ने भूरा लाल से कहा, "जुए खाने के लिए भी चंदे उगाहो।"

"रसीद-पुस्तिका दे दें, चंदा उगाह लाऊंगा और, हां, जुआखाना हात्रा में बनेगा। तब सभी लोग वहां जा सकेंगे! तीनों इलाकों के लोग आ-जा सकेंगे।"

"इतनी जगह कहां है?"

"क्यों हात्रा में, जिस मैदान में बच्चे खेलते हैं, वह तो सरकारी ज़मीन

है। उसके सामने का हिस्सा, सरकार से वसूल कर लें।''

''देखो! वैसे रवि से कहूंगा, वहां एक घर बनवा दे। बनवारी, नवीन...बहुत सारे लड़के सर्विस करते हैं। वे लोग भी दे देंगे! बन जाएगा।''

''यही बेहतर है! भूरा लाल...यह समाज-सेवा मुझे पहले समझ नहीं आई थी।''

''लेकिन आप खूब सावधान रहिएगा।''

''मुझे कौन मारेगा?''

''क्या पता? बाज़ार में ख़बर पाकर, मैं आपके पिता को सावधान करने गया, उन्होंने मुझे गाली-गलौज देकर, घर से बाहर निकाल दिया। उसके बाद...''

''खैर, मैं सावधानी से ही रहता हूं,''

''हां, खूब सावधानी से रहिएगा। इन लोगों पर क्या भरोसा किया जा सकता है? सूरज...चन्नो...मछली मारते, तो जाने कितने लोग मार खा जाते।''

''हीरो तो समाज-विरोधी नहीं है?''

भूरा लाल की पत्नी ने कहा, ''उसके आने से पहले, कोई बंदा हरिजन टोले की आग बुझाने नहीं आया। जब तक वह है, कम-से-कम सालों साल हरिजनों को जलाने-फूंकने की हरकत कभी नहीं हुई! हम लोग भी इंसान हैं, यह बात पहले किसने सोची थी?''

''हां, यह तो सच है! हो सकता है वह...''

''मैं नहीं जानता! लेकिन, तुम जो इतने सालों से उसे गालियां देते आए हो... पुलिस के यहां दौड़-धूप कर रहे हो,...उसे सभी लोग प्यार करते हैं, तुम जानते हो?''

''ठीक है, तो...''

''वोट कौन नहीं लेता? सभी लेते हैं। काम? काम कोई नहीं करता, बाबू! कोई नहीं!''

यह सब कह-सुनकर भूरालाल की बीवी, हाथ में थैला झुलाये-झुलाये, दुकान की तरफ चल दी।

''ना! ऐसे अनपढ़ लोगों को राजनीति समझाना बेहद मुश्किल है।

''देख, धनुआ की मां, कोई गुंडा, जब भला काम करता है, उसमें भी उसका स्वार्थ होता है।''

स्वार्थ किसमें नहीं होता, बाबू?"

"हां, हां सब सरकार ने ही तो किया! लेकिन, क्या किया?"

"इस ढंग से बात करेंगे, तो..."

"मैंने तुम्हारे कक्का को वोट नहीं दिया?"

"लेकिन, हमने तो सरकार नहीं बनाई।"

"बनाई भी होती तो क्या हरिजनों की मुसीबत में दौड़ जाते? वह तो सिर्फ हीरो ही करता है, बाबू!"

विशाल बाबू चले गए।

प्रसाद और नन्द हीरो से मिलने आ पहुंवे।

"बहुत-बहुत धन्यवाद, हीरो!"

"वोटों के लिए धन्यवाद तो दे चुके हैं।"

"ठेकेदारी भी जिस दिन चाहोगे..."

"ज़रा सोचने दें। बाद में बताऊंगा।"

नन्द ने कहा, "फॉट ऑपरेशन मउबनी! मउबनी के ऑपरेशन के लिए..."

हीरो ने धीमी आवाज़ में कहा, "क्रेडिट तो लोगों को दिया जाना चाहिए, क्रेडिट तो पुलिस की है। देखिए, दूसरे-दूसरे लोगों के बुरे कामों, गुनाहों की बदनामी, मुझे हद से ज़्यादा सहना पड़ी है। अभी भी सहना पड़ेगी। लेकिन, और-और लोगों के कामकाज का सुनाम, मैं नहीं ले सकता, मुझे माफ करें..."

"उन लोगों में यह हिम्मत तो आपने ही जुटाई..."

"प्यार करो तो कठपुतली भी बात करने लगती है, नन्द बाबू! और प्रसाद जी, मेरी सविनय प्रार्थना है कि अब, उन लोगों पर जुल्म न करें। उन्हें, उन्हीं के ढंग से रहने दें।

उन्हें थोड़ा बहुत सम्मान दें। वोट आपको खुद-ब-खुद मिल जाएगा।"

"चक्कर क्या है? कहीं जा रहे हो?"

"यही...कोई...हफ्ते भर के लिए! जरा घूम आऊं।"

"जाओ, घूम आओ! ठीक-ठाक रहना!"

"मेरा अच्छा-बुरा तो आप पर है। है कि नहीं?"

बाहर निकलकर प्रसाद ने कहा, "देखो, क़र्ज़...अहसान नहीं है... अनगिनत हैं! फिर भी..."

"ज़रूरत पड़ने पर, भाई का भी खून कर देना होता है, प्रसाद जी!

आपने गीता तो ज़रूर पढ़ी होगी?''

''हां, कहता तो हूं कि पढ़ी है, लेकिन पढ़ी नहीं है,...वह 'महाभारत' देखा है...! मैंने सच बात बता दी।''

''अच्छा, चलिए, चला जाए।''

इसके बाद ही, हीरो निकल पड़ा था! ठीक इसके बाद!

आठ

लेकिन, रेवती के पास उसका मन कहां जुड़ पाया? त्रिवेदी क्या कह गया है?

लालपुरा में उसके लौटने से ऐसा क्या सर्वनाश हो जाएगा? क्या होने वाला है?

दो दिन उसने हाउसिंग इस्टेट के घर में गुज़ार दिए। करीब शाम को वह हावड़ा स्टेशन पहुंच गया। ये तमाम हिंदी अखबार, सचित्र साप्ताहिक क्यों हैं? घूम-घामकर वह शाम को लौट आया।

क्या होने वाला है?

उसे कुछ पता तो चले, वह खिसक जाएगा।

ख़बर छपी, तीसरे दिन के अख़बार में।

"लालपुरा से संक्षिप्त समाचारः कल गोराई नदी के किनारे, अंचल के सर्वजन परिचित, कम्युनिस्ट नेता, विशाल गुप्ता की, गोलियों से छलनी मृत देह मिली। पुलिस का विश्वास है कि शहर का परिचित समाज-विरोधी 'हीरो' उर्फ कमल राय ही इस हत्याकांड का नायक है। उक्त व्यक्ति–राय, कई दिनों पहले, शहर छोड़कर चला गया था। जनता दल के नन्द यादव, निर्वाचित विधायक, प्रसाद तिवारी, भूतपूर्व विधायक, लालबाबू–सभी ने प्रशासन को इस कुख्यात समाज–दुश्मन को गिरफ़्तार करने और सज़ा देने के लिए, स्मारक लिपि पेश की है। पुलिस का ख्याल है कि विशाल गुप्ता की हत्या, हीरो के गिरोह के समाज-विरोधी लोगों ने किया है और उसने किशोर और आनंद को गिरफ्तार कर लिया है। इन दोनों लड़कों ने थाने के लॉक-अप में आत्महत्या कर ली। यह ख़बर मिलते ही, लोगों की विशाल भीड़ ने थाने का घेराव किया और पुलिस को आखिर गोलियां चलाना पड़ीं। विशाल गुप्ता की हत्या, सभी को विचलित कर गई है। वे एक निर्विरोधी, जनप्रिय और श्रद्धेय इंसान थे। सन् 1972 में उनके काका, विशुन गुप्ता भी..."

किशोर, आनंद, हीरो मोटर सर्विस के भागीदार..., किशोर रात के

कॉमर्स कॉलेज में पढ़ने जाता था। आनंद को वह जौखाना में, किसी जलते हुए घर से निकाला था। लेकिन इस आग से उसे कौन बचाता?

सब, हीरो स-ब समझ गया। कच्चे-पक्के बाल! झौव्वा जैसी भौंहें! खादी का कुर्ता-पायजामा! (भूरे, नीले और गेरुआ रंग के) और काफी क़ीमती चप्पलधारी, विशाल बाबू का क़त्ल इसी ने किया है। इस शख़्स से ज़्यादा साफ-सुथरी छवि उस शहर में, अन्य किसी राजनीतिज्ञ की नहीं है।

असली उद्‌देश्य था, हीरो को जान से मारना!

लेकिन, यह काम करने के लिए किसी एक फ्रंट की ज़रूरत थी। वाकई त्रिवेदी ने बहुत बड़ा अहसान किया; बहुत बड़ा अहसान किया रेवती ने!

यह ब्लू-प्रिंट बहुत पहले ही तैयार किया जा चुका था। यानी हीरो को क़त्ल करना था। क्षमताहीन दलों ने उसका इस्तेमाल किया और अब हीरो, आज सभी के नज़रों में सबसे बड़ा उग्रवादी बन गया है।

विशाल बाबू के खून का आरोप, हीरो के गले मढ़ दो। पुलिस को पीछे लगा दो, क्योंकि हीरो ने ही राजनीतिक पार्टियों को इस्तेमाल किया है!

यानी यह जंग है!

चालाक! बेहद चालाक हैं वे लोग! हीरो के लिए भी डैनी, लालबाबू, प्रसाद तिवारी—सबकी नज़र में वह दहशतगर्द है।

अब वह क्या करे? पुलिस तो क्या, किसी के पास भी, उसकी कोई फोटो नहीं है। कहीं उसकी उंगलियों के निशान तक नहीं हैं।

प्रसाद अगर मूरख न निकला, तो वह पुलिस को हरिजनों में संत्रास नहीं बरसाने देगा।

अगर मूरख हुआ, तो बरसाने देगा।

वोट बैंक पर आफत आए। तो वह क्या ऐसा कुछ करेगा?

फिलहाल, उसे अंडरग्राउंड होना होगा।

कहीं, किसी सुदूर की तरफ चल देना होगा, नाथूराम के जरिए, वह रेवती को ख़बर भेज देगा। 'याद करो' किताब भेज दी जाय, वह समझ जाएगी। उसे रेवती चाहिए; भानू की भी ज़रूरत है! भानू पटना जाकर, उस पत्रकार की तलाश करेगा।

युद्ध! यह युद्ध है! अगर मरना ही है, तो वह अकेला क्यों मरे? क्या अकेले उसी के हाथ में खून के दाग लगे हैं?

मुरारी पासवान ईषत् हंस पड़ा। वाकई, यह जंग ही है! जितने दिनों

असली योद्धा नहीं आते, उतने दिनों मुरारी इसी मिट्टी से चिपके रहने की कोशिश करेगा। उसके बाद, जब जाने का वक्त आएगा, हीरो, हीरो की तरह ही चला जाएगा। रूखसत हो जाएगा यहां से! लेकिन वह वक्त अभी नहीं आया।

हीरो, सद्य खरीदे हुए, टाइमटेबल के पन्ने उलटता-पलटता रहा....

●●●